끝이 좋은 인연

이 도서의 국립중앙도서관 출판예정도서목록(CIP)은 서지정보유통지원시스템 홈페이지(http://seoji.nl.go.kr)와 국가자료종합목록 구축시스템(http://kolis-net.nl.go.kr)에서 이용하실 수 있습니다.. (CIP제어번호 : CIP2020052354)

끝이 좋은 인연

지은이 | 이호연

발행일 | 2020년 12월 29일
발행처 | 부코
ISBN | 978-89-90509-54-3   03810

출판 등록번호 | 제22-2190호
출판 등록일자 | 2002.08.07

홈페이지 | www.booko.kr
트위터 | @www_booko_kr

전화 | 010-5575-0308
팩스 | 0504-392-5810

주소 | 서울 서대문구 북아현동 3-68 부코빌딩 501호
메일 | bxp@daum.net

저희 출판사는 여러분의 소중한 원고를 기다리고 있습니다. 메일로 투고해주십시오.

끝이 좋은 인연

이 호 연 장편소설

부코
www.booko.kr

-프롤로그-

"오늘 밤 전국이 강한 태풍 영향권에 접어들면서 현재 전국적으로 강한 폭우가 쏟아지고 있습니다."

티비 뉴스 속의 진행자들은 태풍으로 인한 상황을 매시간 속보로 내보내고 있었다.

온 세상이 내리는 비에 젖어 무겁게 가라앉은 분위기였지만, 어느 한 건물 안에서는 쏟아지는 세찬 비는 아랑곳 하지 않은 채 시끄러운 음악이 울려 퍼지고 있었고, 많은 사람들이 한데 어우러져 춤을 추고 있는 요란한 파티가 한창이었다.

파티장의 한편 구석에 위치한 VIP 룸에서는 남자들 몇몇이 둘러 앉아 술을 마시고 있었다.

"내가 이번 일만 잘 마무리 하면, 재계 서열 2위 자리까지 올라 갈 수 있어!"

그 중 가운데에 앉아있던, 한 남자가 위스키가 담겨있던 잔을 비우며 조금은 비열해 보이는 웃음을 지었다

"축하드립니다. 사장님"

"축하는 이번 일 마무리 되면 받기로 하고! 나 잠시 바람 좀 쐬고 올 테니 마시고 있으라고"

룸 밖으로 나온 남자는 파티장 분위기를 한껏 띄우고 있는 DJ의 시끄러운 음악 소리를 피해 건물 밖으로 나왔다.

"거참... 무슨 비가 이렇게 와!"

쏟아지는 비가 짜증이 난다는 듯 중얼거린 남자는 주머니에서 담배를 꺼내 물었다.

파티장을 출입하는 사람들을 관리하던 가드 한 명이 남자가 담배를 입에 무는 모습이 보이자 자연스레 라이터를 켜 불을 붙여 주었다.

남자가 담배를 한 모금 빨아 마신 뒤 길게 연기를 내뿜는 그 순간 건너편 옥상에서 찰나의 섬광이 번쩍였고, 총알 한 발이 날아와 그대로 남자의 이마 정중앙을 꽤 뚫었다.

사방으로 피가 튀었다. 무너지는 남자의 모습에 깜짝 놀란 가드들이 달려와 재빨리 주위를 살피고, 119를 불렀지만 남자는 이미 숨을 거둔 뒤였다.

총알이 발사 된 곳으로 보이는 건너편 건물 옥상은 마치 처음부터 아무것도 없었던 것처럼 아무런 흔적조차 남기지 않은 채 텅 비어있었고, 내리는 빗소리만 공간을 가득 채울 뿐이었다.

1화 (그녀)

오전 7시 잔잔한 노래 소리가 알람으로 울린다.

노래 소리와 함께 부스스한 얼굴의 그녀가 잠에서 깨어나 몸을 일으킨다.

잠이 덜 깼지만 몸이 기억하는 동작으로 거울 앞에 선 그녀는 길게 한숨을 내쉬었다.

"아휴, 어제 막걸리를 너무 마셨나봐...."

매일 매일 똑같이 반복 되는 일상, 출근해서 하루 종일 격무에 시달리고 지친 몸을 이끌고 힘겨운 걸음으로 집에 돌아오면, 오로지 자신 혼자 밖에 없는 조그만 공간 속에서 한 없이 밀려오는 외로움을 홀로 견뎌내야 했다.

그럴 때 마다 그녀는 술로 스스로를 위로했다.

요즘은 새로 만난 남자친구 덕분에 그녀만의 행복을 찾아 가고 있는 그녀였지만, 마음 속에 새로이 다가오는 설레는 감정은 때론 불안으로 바뀌어 그녀를 잠 못 들게 하는 날도 많았다.

그리고 매일 같이 반복 되는 일상은 지겹기만 했다.

특히 오늘 같이 비라도 오는 날이면 콩나물시루처럼 사람들로 가득한 지하철을 타고 출근하는 길은 더더욱 끔찍하다.

"좋은 아침 입니다"

애써 밝은 표정을 지으며, 회사로 들어 온 그녀는 비어있는 옆자리를 쳐다보며 아래 직원에게 눈짓을 보냈다. 늦잠을 잔 건 아니었지만, 늦장을 조금 부렸더니 시간을 겨우 맞춰 출근 도장을 찍은 그녀였다.

"아.... 아직 안 오셨어요..."

"그럼 그렇지.....어련하시겠어."

그녀의 팀장은 수시로 지각이다. 지각을 해놓고도 단 한 번도 미안하다는 말도 하지 않는다.

정해진 출근시간보다 30분 정도 늦게 회사에 들어오는 팀장의 모습을 보며 그녀는 본인도 모르게 고개를 절레절레 흔들었다.

또 다시 지겨운 일상의 반복이다.

"과장님 끝나고 뭐하세요? 오랜만에 한 잔 안 하실래요?"

"미안하지만 난 오늘 데이트~"

오랜만에 그녀는 남자친구를 만나 데이트를 할 계획이었다.

한동안 서로 바쁘다는 이유로 얼굴도 못보고 밤에 간단히 통화만 몇 일째,

그녀는 오늘 하루가 유독 길게만 느껴졌다.

"저 먼저 이만 퇴근할게요."

시계가 퇴근 시간을 가리키자, 빛과 같은 속도로 그녀는 회사를 나왔다.

약속 시간 까지는 아직 여유가 있었다.

약속 장소까지 미리 갈까도 생각 했지만, 그녀는 일부로 여기저기 윈도우쇼핑을 하며
약속 시간보다 10분정도 늦게 도착 했다.

"여기!"

반가운 얼굴이 보여 그녀도 모르게 얼굴에 미소가 번졌다.

"미안해 많이 기다렸지?"

그렇게 그 둘은 꽤 오랜 시간 함께 데이트를 즐겼다.

이런저런 이야기를 하며 시간을 보내다 보니 어느새 밤이 깊었다.

"집까지 데려다 줄게"

"아니 괜찮아 어차피 멀지도 않은데, 내일 출근해야 하는데 피곤하니까 여기서 들어가
자"

"그래도 시간이 늦었는데...."

"괜찮아~ 큰 길로만 쭈욱 가면 되는 걸"

집까지 데려다 준다는 남자친구의 말을 끝내 정중히 거절하고 그녀는 천천히 걸어서
집으로 향했다.

아침까지 비가 와서 그런지 저녁 공기는 여전히 습했고 후덥지근한 한 여름의 날씨에
조금 짜증이 올라오려 했지만 그래도 남자친구와의 데이트를 곱씹으며 기분 좋은 발걸
음으로 그녀는 집으로 향했다.

잔잔하게 이어폰으로 들려오는 노래가 그녀 마음을 차분하게 만들어줬다

[어제보다 맑은 하늘을 보며 차가웠던 어두웠던 두 눈에 비가 아닌 꽃을 내려 마음위
로]

-끼이이이이이이익 쿵-

2화 (연루)

귀를 찢는 듯 한 파열음이 들려왔고, 또 무언가 부딪히는 둔탁한 소리가 났다.

무의식적으로 소리가 난 쪽으로 고개를 돌린 그녀는 그 자리에 얼어붙었다.

그녀가 돌아 본 그 곳에는 바닥에 사람이 하나 쓰러져있었고, 운전석에서 한 남자가 내려 천천히 쓰러진 사람에게 걸어서 다가가고 있었다.

보통 사람을 치었으면 쓰러진 사람 상태를 체크하고 다급하게 119에 신고하는 것이 일반적인 모습인데, 그 사람은 그저 쓰러진 사람을 쳐다보기만 할 뿐, 아무런 조치도 취하지 않고 있었다.

오히려 너무도 태연하게 119가 아닌 다른 곳에 전화를 하고 있었다.

"야.. 여기 좀 와야겠다... 아... 처리 하나 좀 해줘야겠어."

그 순간 그녀의 눈이 그 남자와 마주쳤다.

"그리고, 누가 봤네?... 같이 처리 해"

그녀는 온몸에 소름이 돋는 듯한 느낌이었다. 통화를 마친 그 남자는 다시 차에 올랐고, 그대로 유유히 사라져 버렸다.

"저....저기요.... 그냥 가면 어떻게!!"

눈앞에서 벌어진 상황이 무슨 상황인지 인식이 되지 않아 그녀는 그저 멍하니 쳐다보기만 했다.

번득 정신이 든 그녀는 쓰러져 있는 사람에게 달려갔다.

"이봐요!! 정신 좀 차려 봐요!!"

그녀의 외침에도 쓰러져 있는 사람은 의식이 없어 보였다.

다급하게 핸드폰을 꺼내 119로 전화를 걸어 신고를 했다.

몇 분이 지나지 않아 구급차 한 대가 급하게 도착을 했다.

"어떻게 된 상황인가요?"

구급차에서 내린 구급대원이 그녀에게 상황을 물었다. 그녀는 지금까지 본 상황을 아는 대로 다 설명을 해주었다.

"그럼 저희는 병원으로 환자이송을 하도록 하겠습니다. 신고 감사합니다. 혹시 모르니 연락처와 성함을 남겨주시겠습니까?"

그녀는 가방에서 명함을 한 장 꺼내어 구급대원에게 전달해 주었고, 명함을 받은 구급대원은 가벼운 목례와 함께 급하게 구급차를 타고 현장을 떠났다.

구급차가 떠나는 모습을 지켜 본 그녀는 갑자기 피곤함이 몰려 왔다.

"아... 이게 무슨 일이야.... 빨리 집에 가서 쉬어야겠어."

지금쯤이면 집에 도착 했을 남자친구에서 전화를 걸어, 눈앞에서 일어났던 일들을 얘기하며, 집으로 가려던 그녀 앞으로 구급차 한 대와 경찰차 한 대가 멈춰 섰다.

"신고하신 분 맞으시죠?"

"네??"

"교통사고 신고하신 분 맞으시냐고요?"

"네....제가 맞는데.. 조금 전에 이미 구급차가 와서 그 분 병원에 데려간다고 갔는데요?"

현장에 출동한 경찰도, 구급대도, 그녀도 모두 무슨 일이 일어난 것인지 알 수가 없었다.

그 모습을 멀찍이 떨어진 길 건너편에서 사진으로 담는 그림자가 있었다.

3화 (설움)

그 일이 있은 후 며칠이 지났다.

그녀는 그 며칠 동안 평생 가본적도 없는 경찰서를 수차례 다녀왔다.

경찰서에서 그녀는 똑같은 얘기를 몇 번이고 반복해서 해야 했다.

정말 아무것도 모르는 그녀를 경찰은 몇 번이나 불러 귀찮게 했고, 결국 그녀의 화가 폭발했다.

"이러니 견찰 소리를 듣지!!!"

짜증이 머리끝까지 올라온 그녀는 경찰서를 나서며 소리를 질렀다.

점심시간을 이용해 진술을 하고 나온 상황이라 다시 회사로 돌아가야 한다는 현실에 그녀는 더더욱 신경질이 났다.

"내가 뭘 잘못했다고 날 이렇게 괴롭히는 거야!!"

"불편하게 해드려 미안합니다. 우리 일이 뭐 다 그래서...."

그녀 앞으로 마른 체형에 키가 큰 남자가 다가오며 사과를 했다.

"김영제라고 합니다. 여기서 나라 녹 받아먹고 있습니다."

김영제라며 자기를 소개한 남자는 목에 달고 있는 경찰 신분증을 흔들어 보이며 그녀에게 자기는 이상한 사람이 아니라는 얼굴로 말을 이어갔다.

"요즘 이 동네가 사건사고가 많이 일어나서요. 이번 사고가 있기 전날에도 사람 하나가 총에 맞았거든요."

서울 한복판에서 총이라니 그녀는 영화에서나 보던 일이 실제 일어났다는 것이 믿기지 않았다.

"아무튼, 그 동안 이래저래 불편하게 해서 미안합니다. 아... 김정은 경장!"

"네 반장님!"

김 반장이 마침 지나가던 김정은 경장을 불렀다

"이 분 이제 더 이상 오실 일 없지?"

"네 이제 더 오실 일은 없으십니다."

김 반장은 그녀에게 그 동안 고생했다며 조심해서 가시라 인사를 하고, 김 경장에게 잘 배웅해 드리라 하며 사무실 안으로 들어갔다.

그녀는 꾸벅 목례를 하고 배웅해 주려는 김정은 경장을 뒤로한 채 경찰서를 나왔다

회사로 돌아온 그녀는 책상에 한 가득 쌓여 있는 일 더미를 보고 한숨을 내쉬었다.

힘든 시간을 보내고 왔는데 아무도 그녀 일을 대신 도와주지 않았다는 배신감이 밀려왔다.

하지만 이내 모든 것을 내려놓고 해탈의 경지에 다다른 사람이 된 것처럼 조용히 쌓여있던 일들을 하나씩 처리해 나갔다.

결국 야근까지 해야 했던 그녀는 퇴근 시간이 한참이 지나고 나서야 회사를 나섰다.

　　－ 빵!

경적 소리에 깜짝 놀란 그녀가 뒤를 돌아보자 그녀의 남자친구가 차에서 내려 그녀를 반겼다.

언제부터 와 있었는지 한 손에는 꽃다발과 다른 한 손엔 두부 한 모를 들고 그녀를 기다리고 있었다.

"고생 많았지? 이제 그런 곳은 가지 말자"

최근 몇 일간 마음속에 쌓였던 설움이 터져 나와 그녀는 끝내 눈물이 흘렀다.

그녀의 남자친구는 그런 그녀를 살며시 감싸 안아 주었다.

4화 (심장)

아침부터 김영제 반장의 목소리가 날카롭다.

"아니 이틀 사이에 한 명 사망, 한 명은 병원에 실려 갔다는데 실려 온 병원이 없어!! 도대체 무슨 일이 벌어지고 있는 거야 이게!! 다들 뭐 알아 낸 거 없어??"

김 반장 휘하의 강력반 형사들은 모두 아무 말도 못하고 꿀 먹은 벙어리가 됐다.

"김 경장, 현장 감식한 거 뭐 나온 거 없어?"

"현장에서 당시 사용 된 총알이 발견이 됐지만, 아무 흔적도 안 나옵니다. 너무 깨끗해요... 고도로 훈련된 전문가 소행입니다."

김정은 경장의 보고를 받은 김 반장은 한숨을 푹 내쉬며, 김 경장을 째러보있다.

고작 그거 밖에 알아낸 것이 없느냐는 무언의 눈빛이었다.

"그럼 왜 다들 여기 있는 거야?"

김 반장의 한 마디에 강력반 형사들은 모두 밖으로 뛰어 나갔다.

　　- 띠리링 띠리링

텅 빈 공간에 핸드폰 벨소리가 크게 울린다.

한동안 아무도 받지 않자 핸드폰은 자동응답 기능으로 넘어 간다.

'의뢰 할 건이 하나 더 있는데.... 한 번 더 수락해 줬음 하네.. 금액이랑 자료는 바로 보내 주겠네.'

잠시 후 핸드폰으로 들어온 사진에는 어둠 속에서 찍힌 그녀의 사진과 명함이 전송 되었다.

"나재령이라..."

조용하게 읊조린 목소리의 주인은 곧 핸드폰을 들어 답장을 보냈다.

'의뢰 수락'

재령은 오늘 하루 종일 마음이 들떠 있었다. 정말 오랜만에 옛 친구들과 만나 밤새도록 어울려 놀 예정이었다.

하루가 어떻게 흘러가고 있는지도 기억이 잘 나지 않았다. 그저 퇴근 시간만 기다리고 있을 뿐.

남자친구에게 카톡이 왔다

'오늘 친구들 만난다고 했지? 마음껏 신나게 놀아, 그래도 내 생각 조금은 하구~'

남자친구의 문자를 보니 입가에 미소가 번졌다

"좋아 오늘은 정신 줄 50%만 놓겠어!"

퇴근 시간이 다가오자 재령은 거울을 보고 화장을 다시 고쳤다.

오늘은 옷도 그녀가 가장 좋아하고 예쁘다고 생각하는 옷으로 고르고 골랐다.

다른 사람들이 보면 데이트를 가는 거라 생각하겠지만 재령은 오늘 그녀의 친한 친구들을 보러 가는 길이다.

"먼저 들어가겠습니다."

퇴근 시간이 되자 가벼운 발걸음으로 회사를 나왔다.

그 시간 그녀의 회사에서 상당한 거리가 떨어져 있는 곳에 있는 한 빌딩에 검은 옷에 검은 모자를 눌러쓴 한 남자가 저격용 총에 달린 조준경으로 재령의 회사 입구 쪽을 주시하고 있었다.

곧 가벼운 발걸음으로 회사 건물을 나서는 그녀의 모습이 보였고, 그는 방아쇠에 손가락을 올렸다.

조준경으로 그녀의 얼굴이 정면으로 보였다.

적당히 큰 눈에 또렷한 눈매, 오뚝한 코, 그리 진하지 않은 빨간색 틴트를 발라 붉게 살짝 빛나는 입술. 그녀의 얼굴은 누가 봐도 예쁜 얼굴이었다. 그리고 그녀의 걸음걸이에 따라 찰랑거리는 원피스 치맛자락은 그녀를 더욱 청순해 보이게 만들어 주고 있었다.

 - 쿵쿵

순간, 재령을 조준하고 있던 조준경이 흔들렸다.

당황한 그가 다시 그녀를 향해 조준경을 맞췄다.

다시 시야에 들어온 그녀의 얼굴을 보며 방아쇠에 손가락을 가져갔을 때

    - 쿵쿵

"왜 이러지"

그의 심장 박동이 조절이 되지 않고 있었다.

지금까지 수많은 사람들을 저격해 왔고, 단 한 번도 실수를 하지 않았던 그였다.

심장 박동을 조절하는 것은 숨 쉬는 것만큼이나 쉬웠다.

하지만 오늘은 그게 잘 되지 않았다.

심호흡을 깊게 들이 마시고, 다시 조준경을 들어 재령을 찾았으나, 그녀는 이미 건물 모퉁이를 돌아 시야에서 사라졌다.

"제길...."

5화 (의문)

'이러면 곤란한데... 안 하던 실수를 하다니 조금 실망스럽네..'

자동 응답기를 통해 들려오는 목소리가 사뭇 차갑다.

그는 메시지를 확인 후 답장을 보냈다.

'처리 예정'

처리 하겠다는 메시지를 보냈지만 그는 여전히 심란했다.

아무리 생각을 해봐도 이유를 알지 못했다.

왜 그 순간 심장박동이 제어가 되지 않았는지.

왜 방아쇠를 당길 수 없었던 것인지.

"하... 미치겠네."

다음 날 아침 일찍 그는 어제 올랐던 빌딩에 다시 올라와 있었다.

다시 한 번 저격용 총을 들어 그녀가 나타날 길목을 주시하고 있었다.

　　- 반짝

햇빛에 반사 된 빛이 그의 눈을 스치고 지나갔다.

일반적인 유리창에서 반사되는 빛이 아니었다. 저격수다.

"이런 양아치 새끼가"

이중 청부가 들어간 것이다. 누구나 아무나 빨리 처리하라는 뜻이다.

그는 재빨리 총구를 멀리 맞은편 건물로 향했다.

역시 그의 예상대로 저격용 총을 들고 있는 한 사람이 조준경에 들어 왔다.

표적이 눈에 들어오자 그는 주저 없이 방아쇠를 당겼다.

총구를 떠난 총알은 그대로 빠르게 날아가 건너편에 있는 상대에게 그대로 명중했다.

"그래.. 이게 정상이지..."

그 자리에 그대로 쓰러져 일어나지 않는 상대를 확인 하며, 전날 방아쇠를 당기지 못

했던 것은 그냥 어제의 컨디션 문제라고 생각했다. 그는 다시 재령이 나타날 길목으로 시선을 옮겼다.

얼마 지나지 않아 길모퉁이를 돌아서 회사로 향하는 그녀의 모습이 시선에 들어왔다.

뒤로 질끈 묶어 맨 머리, 힘에 겨운 듯 터덜터덜 걷는 걸음, 어제 본 모습과는 또 다른 그녀의 모습에 그는 이 여자가 어제 대체 뭘 한 걸까 라는 생각이 들었다.

"내가 미쳤구나."

타겟에 대해서 단 한 번도 궁금증을 가져 본 적이 없었다. 그저 의뢰를 받으면, 수행하고, 돈을 받고, 또 다시 의뢰를 받고, 그렇게 수 없는 의뢰를 수행해 오면서 단 한 번도 목표에 대해서 궁금해 본 적이 없다. 이 사람을 죽이는 이유도, 이 사람이 자신의 손에 죽어야 하는 이유도, 그 무엇도.

그런데 지금 이 순간, 그는 이 여자가 어제 무엇을 했는지가 궁금했다.

술을 얼마나 마신 건지, 잠은 얼마나 잔건지, 그리고 또 왜 자신은 저런 그녀의 모습을 계속 지켜만 보게 되는 것인지.

그렇게 그는 결국 그녀가 회사 건물로 들어 갈 때까지 지켜보기만 하다 이번에도 끝내 방아쇠를 당기지 못했다.

"저기 하나 또 있네."

한숨을 쉬며 자리를 떠나려던 그의 시야에 재령을 지켜보고 있던 또 다른 누군가가 보였다.

입고 있던 자켓을 벗고 안에 입고 있던 하얀 와이셔츠에 회색 넥타이 차림으로 그는 출근 인파 속으로 몸을 숨겼다.

누가 봐도 아침에 출근길에 나선 회사원으로 보였다.

빠른 걸음이지만 조용하게 그는 재령이 들어간 건물 근처까지 접근했다.

조금 전 그가 발견했던 인물은 여전히 그 자리에서 조금 전까지 셔터를 눌러 댔던 카메라에서 사진들을 확인하고 있었다. 자신의 위치가 발각 된 줄은 전혀 생각도 못 한 듯 했다.

"윽!"

소리 없이 등 뒤로 접근한 그가 순식간에 남자의 목을 꺾어 버렸다. 단발마의 비명소리만 남긴 채 남자는 그대로 절명했다.

남자가 가지고 있던 소지품 몇 가지와 카메라를 챙긴 그는 유유히 현장에서 사라졌다.

6화 (선택)

카메라에 찍힌 최근의 사진들은 거의 모두가 그녀의 사진이었다.

의문의 그 남자는 계속해서 재령의 뒤를 미행하고 있었다.

그에게 전달 됐던 사고 발생 그 날 밤의 사진, 경찰서에서 나오던 그녀의 모습, 남자친구에게 안겨 있던 그녀의 모습, 오늘 아침 출근 하던 그녀의 모습과, 어제 밤 그녀가 친구들과 밤새 신나게 놀던 모습.

"아주 신나셨네."

그녀가 어제 무얼 해서 오늘 그렇게 힘들어 했는지 알 것 같았다.

사진 속에는 친구들과 함께 떠들며 환하게 웃고 있는 그녀의 모습이 담겨 있었다.

- 쾅!

"아주 그냥!!!!! 내 이 자식 어떤 놈인지 잡히기만 해봐!!"

주먹으로 책상을 내리치는 김영제 반장의 혈압 올라가는 소리가 경찰서 안에서 울려 퍼졌다.

아직까지 사건의 실마리도 잡지 못한 살인 사건과 실종 사건 때문에 머리 아픈 상황인데, 아침부터 또 다시 살인 사건이 터졌다. 이번엔 사망자 옆에서 총기도 발견 됐다.

"반장님! 총알 감식 결과 나왔는데요. 그 때랑 같은 총알이에요 역시 이번에도 깨끗합니다..."

"여기가 영등포인지 할렘인지 모르겠네.."

김정은 경장의 보고에 김 반장은 볼 멘 소리를 냈다.

- 따르르르릉

"네~ 사건과 사고가 끊이지 않은 할렘 영등포 경찰서 강력반 김영제 입니다~"

빈정거리는 말투로 전화를 받던 김 반장이 갑자기 목소리를 바꿨다.

"넵!! 서장님!!! 넵!! 네에?? 아니... 네.... 알겠습니다."

사무실 안에 있던 모든 형사들이 김 반장만 쳐다봤다.

"무슨 전화 입니까?"

김 반장의 심각한 표정에 다들 꿀 먹은 벙어리로 눈치만 살피고 있을 때, 김정은 경장이 용기를 내서 김 반장에게 물었다.

"큰일 났다...1주일 안에 범인 무조건 잡아오라네... 안 그러면 우리 팀 해체하래"

"아니 무슨.... 이런 경우가 어디 있어요. 아직 우리.... 증거라곤 총알 2개가 전부인데..."

김 경장은 도저히 납득을 할 수 없는 처사라며 불만이 가득한 목소리로 말했다.

"위에서 하라면 해야지.... 이왕 이렇게 된 거.. 잡자!! 일주일 집에 갈 생각들 하지 말고"

김 반장이 팀원들을 다독이며, 각각의 팀원들에게 임무를 내렸다.

"김 경장은 그 목 꺾인 시신 부검 결과 확인하고, 나머지는 대림동이나 인천 차이나타운이나 조선족들 중에 저격용 총기 다루는 사람 혹시 있는지 알아봐"

"반장님은 뭐 하시 게요?"

"난 만날 사람이 있어"

그는 의문의 남자에게서 가져온 카메라에서 쓸 만한 사진들을 몇 장 출력하여, 화이트보드에 붙였다.

의외로 유용한 사진들이 꽤 많이 담겨 있었다.

첫째로, 자신의 의뢰인으로 예상 되는 사람의 모습이 있었고, 얼마 전 자신이 제거했던 인물의 얼굴 또한 담겨 있었으며, 그녀의 모습도 담겨 있었다.

그는 환하게 웃는 그녀의 얼굴이 담긴 사진을 출력하여 화이트보드에 붙였다.

"예쁘네.........."

자신의 입에서 이상한 말이 나온 것을 뒤늦게 자각해서 일까, 본인 혼자 밖에 없는 공간에서 귀까지 빨개진 그는 혼자 깊은 한 숨을 내 뱉었다.

"진짜.... 미친 게 분명해"

이내 그는 정신을 가다듬으며, 그녀의 사진 주위로 크게 동그라미를 그리고 글씨를 썼다

'나재령 TARGET'

아무리 생각을 해봐도 의뢰인과 그녀와의 상관관계가 성립이 되질 않는다.

왜 그녀를 제거하려 하는지, 그녀와 의뢰인과의 접점이 전혀 없는 상황이다.

이 정도면 그녀는 아무 잘못도 없이 어떤 일에 우연히 연루 되었고, 지금 본인에게 위기가 오고 있다는 사실도 모르고 있다는 가정이 세워진다. 하긴 그러니 저렇게 마음 놓고 술도 마시고, 출근도 하고 하겠지 라는 생각이 들었다.

"내가 이런 생각을 왜 하고 있는 걸까... 그냥 시키는 일만 하면 되잖아!!"

그의 마음속에서 두 개의 마음이 싸웠다.

그냥 빨리 처리하고 마무리하자 라는 마음과, 살려주고 싶다.

결정이 쉽지 않을 것 같았다.

재령은 오늘 하루가 일주일과 맞먹을 정도로 시간이 너무 천천히 흘러가는 것 같았다.

어제 후유증으로 숙취가 하루 종일 그녀를 괴롭혔다.

"과장님.. 괜찮아요?"

"아니... 내가 가면 양지바른 곳에 잘 묻어줘.. "

아래 직원의 걱정에 내심 고마운 마음이 들었지만...

"어휴.. 어제 얼마나 마신 거래.. 나가서 정신 좀 차리고 와~"

그녀의 팀장의 잔소리에 다시 머리가 지끈거려 왔다.

   - 지이이잉

'오늘 회사로 퇴근 시간 맞춰서 데리러 갈까? 숙취 때문에 힘들지? 데려다 줄게'

남자친구의 카톡 메시지다. 굳이 와서 데려다 준다는 말에 재령은 힘들게 그러지 말라며 거절을 했다.

보고 싶기는 했지만, 퇴근 시간에 길이 많이 막혀 차를 타고 가는 것보다 걸어 가는 편이 더 빠르다.

빨리 집에 가서 쉬고 싶은 그녀는 남자친구에게 다음에 보자는 말을 남기고 다시 일을 시작했다.

정말 힘들어도 너무 힘든 하루였다.

7화 (회상)

김정은 경장은 시신 부검 결과지를 보고 혀를 내둘렀다.

"정말 부검하시긴 하신 거죠?"

부검결과서 에는 정말 딱 한 줄의 소견 밖에 없었다.

'경추 골절로 인한 사망'

그 외 아무런 특이사항이나, 흔적이라던가, 특징이나, 단서가 될 만한 무언가가 정말 1도 없었다.

"아무것도 없어, 이 건 뭐 그냥 길 걸어가다가 혼자 넘어졌는데 재수 없어서 목이 부러져 죽었다고 해도 믿겠다니까. 지문도 없고, 지난 범죄 자료들과 대조해 봐도 아무런 패턴도 없고, 진짜 넘어져 죽은 케이스 아냐?"

　　- 비도 오고 그래서 네 생각이 나서 네 생각이...-

정은의 핸드폰 벨소리가 울렸다.

"벨소리 참 안 어울리게 센티하네."

담당 부검의가 정은의 핸드폰 벨소리를 가지고 한 마디를 했다.

같은 경찰 후배에게서 걸려온 전화였다.

"어 얘기해"

"선배 사용 총기 정보 나왔어요."

뭔가 실마리가 잡힌 것 같은 생각에 정은의 입가에 미소가 지어졌다.

"그래 수고했어! 정보 보내줘"

전화를 끊은 정은이 담당 부검의에게 한 마디 했다.

"왜요 그럼 뭐 경찰청사람들 노래로 할까요? 아님 사건 25시?? 둥둥둥둥둥둥 뺨! 뺨! 이렇게?"

"김 경장 지금 나이가 몇 갠데... 경찰청사람들을 알지??"

헛웃음으로 대꾸를 대신한 정은이 가보겠다며 인사를 꾸뻑 했다.

"갈게요 다음에 또 부검 이렇게 하기만 해요~"

"어이쿠 무서워라. 살펴 가셔요~ 경찰청사람들~"

경기도 양주 어느 한적한 동네로 김영제 반장이 모는 차가 들어왔다.

익숙한 듯 어느 집 앞에 차를 세우고, 초인종을 눌렀다.

"누구시오?"

"접니다. 영제"

김 반장이 자기 이름을 말하자 굳게 닫혀 있던 대문이 열렸고, 김 반장이 집 안으로 들어갔다.

넓은 마당을 가로질러 잘 정리 된 정원수들은 이 집 주인의 성격을 알려 주는 듯 했다.

김 반장이 집 안으로 들어서자 거실에는 대략 70대 정도로 보이는 남자가 소파에 앉아 있었다.

"어서 오시게, 내가 다리가 영 불편해서 이리 맞이하는 것을 이해해 주게"

"아닙니다. 문 열어 주신 것만으로도 감사하죠."

남자는 사람 좋은 웃음소리를 내며 김 반장에게 자리에 앉기를 청했다.

"그래, 내 자네가 언제 올지 기다리고 있기는 했어"

"생각보다 수수께끼가 풀기가 어렵더라고요"

그 둘은 한동안 최근 벌어진 저격 사건에 대하여 이야기를 나누었다.

긴 한숨을 내쉰 남자가 김 반장에게 목소리 톤은 낮추며 말을 했다.

"난 자네가 이 사건에서 손 뗐으면 좋겠네.. 자네를 위해서야"

"그게 무슨 말씀..."

남자는 얼굴에 수심을 가득 드리우며 정말 어려운 이야기를 시작해 보겠다는 느낌을 풍겼다.

"자네는 내 과거를 아는 유일한 사람이니 들려주는 걸세"

- 약 10년 그보다 조금 더 전 즈음

남자는 지금 자신의 생에서 마지막 의뢰를 처리하기 위하여, 최적의 저격 위치를 찾아 건물 이곳저곳을 물색 중이었다.

하지만 아무리 좋은 위치를 찾으려 한 들, 한 곳을 제외한 그 어느 장소도 저격을 할 수 있는 각도가 나오지 않았다.

장소가 한 곳 밖에 없으니 본인 위치가 예상이 될 수 있다는 위험을 감수한 채 남자는 오늘 밤 마지막 의뢰를 마무리 한 후 모든 것을 정리 할 계획이었다.

드디어 밤이 되었고, 남자는 모든 준비를 마친 채 낮에 봐 두었던 위치에 자리를 잡았다.

목표가 시야에 들어왔고, 방아쇠를 당기려던 그 순간

　　- 탕!

남자의 조준경으로 보인 것은 자신이 쏜 총알이 아닌 다른 어딘가에서 날아온 총알에 쓰러지는 타겟이었다. 이중 청부였다.

하지만 남자가 더 놀란 것은 본인은 본인 위치 외에는 그 어느 위치에서도 저격이 불가능하다고 판단했기 때문이다.

그리고 이내 엄습해 온 두려움은 상대가 자신의 위치를 알고, 자신을 이미 겨누고 있다는 느낌이었다.

남자는 그대로 자신이 들고 있던 총에서 손을 내린 후 머리 위로 두 손을 올렸다.

그렇게 손을 든 채로 죽음이라는 두려움 속에서 남자는 한참을 그 자리에 가만히 기다렸다.

"제발 쏘지 말아주게..."

남자는 계속해서 쏘지 말아 달라는 말을 반복하고 있었다. 소리는 전달이 되지 않겠지만, 자신의 입 모양을 보고 의사가 전달되기를 바랐다. 그리고 그걸 알아챈 것인지 아니면 다른 이유인지 모르지만 상대는 남자에게 총을 발사 하지 않았다.

그리고 잠시 뒤 남자에게 경찰들이 달려와 남자의 손에 수갑을 채웠다.

"그때 제가 선생님을 체포 했었죠"

김 반장은 그 당시 남자를 체포하던 기억을 떠올리며 말했다.

"그럼 그때 총을 쏜 사람이 선생님이 아니었단 말 입니까?"

처음 들은 얘기에 김 반장은 깜짝 놀랐다.

"그때 그 사건으로 7년을 감옥에 계셨습니다. 왜 그러셨어요?"

남자는 잠시 고뇌에 빠져 한동안 말이 없었다.

"우리 같은 사람들은 총성만 듣고도 무슨 총기인지 알 수 있다네.. "

어렵게 입을 연 남자가 말을 이어갔다.

"그 당시 발사 된 총은 다루기가 어려워 지금까지 그 총을 다루는 사람은 딱 3명밖에 없지..."

"그러면 누군지 아신다는 말입니까?"

김 반장의 눈빛에서 기대감이 내비쳤다.

"알지... 한 명은 작년에 나이가 아흔이 다돼서 죽었고, 다른 한 명은 나... 그리고 나머지 한 명은..."

남자는 잠시 뜸을 드리고는 마지막 한 명에 대하여 말을 했다.

"그 한 명은 나도 소문으로만 들어 알고 있다네, 얼굴을 본 사람은 모두 죽인다고 하더군.. 젊은 친구라고 하는데 아무도 그 놈의 정체를 아는 사람은 없어.. 조용하고 일처리 하나는 확실하지.. "

그 말을 들은 김 반장은 이번 사건이 앞으로 더 풀기 힘든 수수께끼가 될 것 같았다.

어쩌면 누군가의 목숨도 잃을 수 있는 위험이 닥쳐 올 지도 모른다는 생각이 들었다.

8화 (미행)

퇴근 시간 무렵, 그는 재령의 회사 근처에 몸을 숨긴 채 그녀가 나오기만을 기다리고 있었다.

6시 34분이 되자 정확하게 퇴근 시간을 맞춰 건물 밖으로 나오는 그녀가 보였다.

"오늘도 칼퇴네.."

살며시 미소를 띤 채, 그는 적당히 거리를 두며 그녀의 뒤를 밟기 시작했다.

재령은 오늘 같이 별다른 약속도 없지만 곧 바로 집에 들어가기 싫은 날엔 종종 걸어서 집에 가곤 했다.

한강을 옆에 두고 걸어가는 퇴근길은 나름대로 운치가 있었다.

그녀 뒤로 누군가 따로 오고 있다는 생각은 전혀 하지 못 한 채 그녀 나름의 여유를 느끼며 집으로 향했다.

그녀가 눈치 채지 못할 정도의 거리를 유지하며 뒤를 쫓던 그의 시선에 수상한 남자가 포착 됐다.

수상한 남자 또한 재령의 뒤를 밟고 있는 것으로 보였다.

한 명이 아니었다. 그는 천천히 수상한 기운이 느껴지는 사람들을 파악하기 시작했다.

정확하게 다섯 명의 남자들이 그녀 뒤를 따라가고 있었다.

그녀가 길모퉁이를 돌았을 때, 그는 다섯 중 한 명을 덮쳤고 일순간에 그 자리에 쓰러뜨렸다.

일격을 당한 남자의 품에서 칼 한 자루가 떨어졌다

그녀가 위험하다

쓰러진 남자의 손목에서 문신이 하나 보였다.

그는 급하게 그녀를 다시 쫓기 시작했고 곧이어 두 번째 남자도 쓰러뜨렸다

역시 손목에 같은 문신이 있었다. 조직적으로 움직이는 녀석들이었다.

세 번째도, 네 번째도 같은 문신을 확인한 그는 마지막 한 명을 쫓았지만, 이미 눈치를 챈 마지막 한 명은 어디에도 보이지 않았다.

모자를 다시 깊게 눌러 쓴 그는 그녀를 다시 뒤쫓았다.

하지만 네 명을 처리하느라 너무 많이 뒤쳐져 그녀가 보이지 않았다.

"하.. 어디로 간 거지?"

조금은 거친 숨소리가 그의 입에서 새어 나왔다

"뭐.. 뭐에요? 왜 이래요? 꺄악!!!"

어디선가 비명 소리가 들렸다. 그는 주저 없이 소리가 난 방향으로 내달렸다.

'제발 무사해라'

그의 눈에 드디어 그녀가 보였다.

그녀는 칼을 들고 있는 상대를 향해 어디서 주웠는지 대걸레를 휘두르고 있었다.

"야 이노무 시끼야 내가 만만해 보여!!"

그는 잠시 그녀의 깡다구에 감탄을 하며 그녀가 어떻게 하는지 지켜 볼 뻔 했다.

그래도 상대는 칼을 들었는데...

모자를 다시 한 번 고쳐 쓴 그가 전력으로 달려, 달려오던 힘 그대로 상대의 얼굴을 발로 가격했다.

예상치 못한 공격이었고, 무방비 상태로 큰 충격을 받았기에, 상대는 그대로 의식을 잃었다.

"괜찮.... 으악!!!"

뒤를 돌아 재령에게 괜찮냐는 말을 건네려던 그의 얼굴에 그녀는 눈을 질끈 감은 채 대걸레 공격을 퍼부었다.

"아악 그.. 그만... 쫌!!!"

정신이 돌아온 그녀가 대걸레 공격을 멈추고 천천히 눈을 떠서 잠시 동안 그를 살폈다. 그리곤 쓰러져 있는 칼을 들고 있던 남자를 확인하고, 지금 앞에 있는 상대가 자기를 도와준 사람인 것을 인지하고는 대걸레자루를 집어 던지고 그 자리에 풀썩 주저앉았다.

"괜찮아요?"

재령은 대답할 기운도 없어 그저 멍하니 그를 보다가 고개를 끄덕였다.

그는 잠시 그녀를 쉬게 두고 쓰러진 남자를 확인했다.

손목엔 역시 다른 놈들과 같은 문신이 있었고 아직 의식은 돌아오지 않고 있었다.

　　- 에에엥~~-

멀리서 싸이렌 소리가 들려 왔다. 그는 마지막으로 쓰러진 남자가 의식이 돌아오려면 아직 한참 멀었다는 것을 확인 한 후, 그녀에게 가볍게 고개로 인사를 하고 자리를 떠났다.

"나재령 씨?"

현장에 출동한 경찰은 김정은 경장이었고, 정은은 바로 그녀의 얼굴을 알아봤다.

"저희 인연이 아직 끝나지 않은 것 같네요?"

정은의 말에 재령은 기운 빠진 목소리로 대답했다.

"네... 이제 좀 지겨워 질라고 하는 인연이네요"

9화 (소탕)

김영제 반장은 낮에 나누었던 대화를 다시 떠올렸다.

"그 녀석은 한 번 정한 목표는 절대 안 놓치네.. 방해하는 사람 역시.. 살려 두질 않아.. 내 자네가 걱정 되어 하는 말이네.. 그러니 이번 사건에서 물러나게.. 늙은이의 진심 어린 충고라 생각해 주시게.. 나는 그 날 살아남았다는 것에 감사하며 하루하루를 살고 있네.. "

"그래도 전 경찰 입니다. 잡아야 할 의무가 있습니다."

한 동안 굳게 닫혀있던 남자의 입에서 체념 섞인 말이 나왔다.

"꼭 몸조심하게.."

"건강 하십시오. 또 찾아뵙겠습니다."

김 반장은 잠시 뒤 경찰대학 동기 친구에게 전화를 걸었다. 수화기 너머로 반가운 목소리가 들렸다.

"여어~ 친구~ 어쩐 일로 전화를 다 주고"

"오랜만에 술이나 한잔 할까?"

그는 지금 품속에 권총 한 자루를 들고 대림동의 어느 골목 앞에 서있다.

저녁에 그녀를 노리던 그들의 근거지 앞.. 대림동에 자리하고 있는 그들의 소굴은 이른 밤 시간임에도 인적이 끊겨 을씨년스럽기만 했다.

하나 같이 손목 같은 위치에 그려져 있던 문신.

자신들이 몸담고 있는 조직의 상징 같은 것이었다. 그 조직을 찾는 것은 그에게 그리 어려운 일이 아니었다.

이미 악명 높은 청부 살인으로 이 바닥에서 유명한 조직이었다.

　　- 똑, 똑, 똑

그는 놈들의 사무실 앞에서 노크를 하고 문을 열었다.

문을 열고 들어가는 그에게 안에 있는 모든 사람들의 이목이 집중 됐다.

안에는 어림잡아 열 대 여섯 정도의 조직원들이 앉아 있었고, 사무실 가장 안쪽으로 우두머리로 보이는 덩치 큰 남자가 앉아 있었다.

"여기는 뭔 일로 왔소?"

조직원 중 한 명이 그에게 물었다.

"뭐 하나 물어 보러 왔다"

주위를 한 번 둘러 본 그는 낮은 음성으로 말했다.
"뭐 물어 보러 온 사람치고는 말투가 상당히 삐딱한데?"
분위기가 험악해지자 우두머리로 보이는 남자가 조직원들을 말리며 말을 했다.
"아야 가만있으라.. 고객 응대가 그래 가지고 쓰냐?"
남자의 말에 조직원 중 몇몇이 실소를 터뜨렸다.
"그래... 뭐가 궁금해서 이리 분위기 살벌하게 만드시는가?"
남자가 다시 그에게 고개를 돌리며 물었다.
"이름, 나재령, 나이 37세, 여자, 니들이 쫓고 있지.. 왜 죽이려 하는 거지?"

남자의 표정이 살벌하게 일그러졌다. 낮에 그녀를 처리하고 오겠다던 조직원 다섯이 돌아오지 않았기에 남자는 지금 앞에 서있는 그가 자기 조직원들을 처리 한 그 놈이라고 확신했다.

"너가 우리 아그들 담근 녀석이냐?"

"대답해라.. 왜 쫓고 있는지, 그리고 왜 죽이려 하는지... 안 그러면 니들도 오늘 다 죽는다."

그는 남자의 말을 무시하고 전 보다 더 낮지만 강한 음성으로 말했다. 그의 말이 끝남과 동시에 방 안에 있던 열 댓 명의 조직원들은 손에 칼을 하나씩 꺼내 들기 시작했다.

"지금 상황 파악이 안 되나 본데.. 뭐가 어째?"

소리치는 남자의 말을 다시 한 번 무시한 채 그가 말을 했다.

"셋 샌다."

"하... 나 이거 참 뭐 저런 등신이...."

"하나"

"어이구 무서워라... 내가 그런다고 겁이나 낼 것 같아!!"

"둘"

"야들아 이거 치워라!!"

"셋"

셋을 샘과 동시에 그는 가지고 있던 권총을 꺼내 켜져 있던 형광등을 쏴 모두 깨뜨렸다.

총의 등장에 조직원들은 잠시 당황하며 주저하기는 했으나, 이내 다시 살기를 뿜으며 그에게 달려들었다.

몇 번의 섬광이 번쩍이고, 한동안 사무실 안에서는 비명 소리와 날카로운 금속음이 계속해서 새어 나왔다.

그는 몇몇 조직원들을 싸움이 시작됨과 동시에 총을 쏴 쓰러뜨렸다. 그는 쓰러진 놈들 중 한 명이 떨어뜨린 칼을 주어 들었다.

한 손엔 총 그리고 다른 한 손엔 칼을 쥔 채 조직원들을 하나씩 쓰러뜨렸다.

형광등이 모두 꺼진 사무실 안은 그야 말로 전쟁터를 방불케 했다. 아니 그 보다 참혹했다.

아무것도 보이지 않았기에 조직원들은 자기편도 못 알아보고 그저 아무 곳에나 칼을 휘둘렀고 그 중 일부는 자기편이 찌른 칼에 쓰러졌다.

얼마 지나지 않아 마지막 남은 조직원까지 모두 쓰러졌다. 그는 책상 아래서 급하게 핸드폰을 누르고 있는 우두머리로 보였던 남자를 잡아 끌어내어 의자에 앉혔다.

"이제 이야기 해 볼 생각이 드나?"

남자에게 그의 목소리는 이제 저승사자의 목소리처럼 들려왔다.

오들오들 떨고만 있는 남자에게 그가 다시 말을 했다.

"난 시간이 그렇게 많지 않은 사람이야 내가 묻는 말에 빨리 대답 하라고"

여전히 떨기만 할 뿐 남자가 아무 대답이 없자 그의 손에 들려있던 권총이 불을 뿜었다.

"크아악"

총알은 그대로 남자의 오른쪽 허벅지에 박혔고, 남자는 고통에 비명을 질렀다.

"대답해! 나재령 왜 쫓는 거야?"

그가 다시 물었다.

"몰라 우린 그저 시키는 대로 할 뿐이야. 알잖아 우리가 하는 일"

　　- 탕

그의 총이 또 한 번 불을 뿜었다

이번엔 남자의 왼쪽 허벅지에 총알이 박혔다.

"아아악!!"

"그 대답이 아닐 텐데?"

극심한 고통에 남자는 의식을 잃을 것 같이 보였다.

"아직 팔 두 개 남았어.. 어디까지 하는지 보고 싶은 건 아니지?"

"살려줘 제발 다 말할게"

남자는 목숨을 구걸하며 애원하기 시작했다.

"얘기 해봐.. 나재령 왜 쫓는 거고, 왜 죽이려 하지?"

남자는 결심이 선 듯 깊은 한 숨을 내쉰 후 입을 열었다.

"그 여자가 USB를 가지고 있어"

"USB? 무슨 USB?"

총상을 입은 고통에 남자는 거친 숨을 몰아쉬며 말을 이어갔다.

"나도 안에 뭐가 들어 있는지는 몰라.. 근데 의뢰인이 WAK그룹 회장 아들이면 대충 짐작이 가지 않나?"

WAK그룹, 현재 대한민국 기업 순위 2위이자, 회장 아들이면 얼마 전 입수한 카메라에서 확인한 의뢰인의 얼굴과 동일인이다.

그녀가 무언가 큰일에 연루 된 느낌이다.

자신에게 의뢰를 하여 자신의 기업을 흔드는 사람을 처리 해 버린 냉혈한이자, 목적을 위해서 수단과 방법을 가리지 않는 사람, 그런데 아무런 연관이 없는 그녀는 어쩌다 이 일에 엮였을까? 그리고 그 USB는 무엇이기에 그녀를 이렇게까지 하려 하는 것일까?

그 순간 남자의 핸드폰으로 전화가 온다. 핸드폰 발신인에는 '짭새형님' 이라고 되어있었다.

싸움이 일어난 동안 남자가 어딘가 연락을 한 것이다.

"허튼 수작 부리지 않는 것이 좋았을 텐데.."

그는 총이 다시 한 번 불을 뿜었다.

10화 (만남)

인천공항 국제선 입국장으로 검은 정장을 입은 사내 넷이 빠져 나왔다.

"We just arrived"

지금 막 도착 했다며 어딘가 전화를 하는 그들의 모습에서 무언가 어둡고 불길한 기운이 느껴졌다.

"영제!! 여기!!"

"야 너는 간만에 보는데 좀 좋은데서 보지..."

김영제 반장은 낮에 잡은 대학 동기와의 술자리에 나오면서 한마디 투정을 부렸다.

"여기 그래도 맛집으로 소문났어. 대림동에선 여기가 최고야..여기가 내 나와바리 아니냐."

둘은 그렇게 술잔을 기울이며 이런저런 이야기를 주고받았다.

     - 카톡

술잔을 기울이기 시작한지 얼마 되지 않아 친구의 핸드폰으로 카톡 메시지가 들어 왔다.

"야 너 카톡 왔다"

살짝 취기가 오른 김 반장이 친구의 핸드폰을 가리키며 연락이 온 것을 말해줬다.

"아..그래? 아휴 또 내가 이렇게 쉴 새 없이 카톡이 오는 유명인사지 내가.."

잠시 뒤 카톡을 확인한 친구의 표정이 사뭇 진지해진다.

"왜 무슨 문제 생겼냐?"

친구의 표정을 보고 김 반장이 물었으나 친구는 잠깐만 이라고 하며 전화 한 통 하고 오겠다고 잠시 자리에서 일어났다.

"아무래도 오늘은 여기까지 해야 할 것 같다. 아는 동생이 도와달라 문자를 보내놓고 연락이 안되네."

"같이 갈까?"

"아..아니야 뭐 별일 아닐 거야.. 이 녀석 술 먹고 가끔 이랬거든 바로 이 근처라 나 혼자 금방 다녀오면 돼.. 오랜만인데 미안하다 야"

김 반장도 더는 묻지 않고 아쉽지만 그 둘은 그렇게 인사를 하고 헤어졌다.

대리기사를 기다리는 동안 김 반장은 담배 한 대를 피우려 골목 입구에 서있었다.

담배에 불을 붙이려 던 그 순간 김 반장 앞을 지나치는 한 사람.

김 반장은 순간적으로 희미한 쇠 냄새와 약간의 비릿한 냄새를 느꼈다.

"엇 코피가...나나? 아닌데?....술 때문에 별 냄새가 다 느껴지네.."

김 반장은 요즘 계속 된 사건에 피로와 스트레스가 쌓여 잘못 느껴진 냄새라고 생각하고, 대수롭지 않게 여기며 담배에 마저 불을 붙였다.

수상해 보였던 그 사람은 이내 골목 모퉁이를 돌아 사라졌고, 마침 대리기사가 도착하여 김 반장을 부르는 소리가 들려 왔다.

"이것만 마저 피우고 갑시다."

재령과 정은은 나란히 걷고 있었다.

재령의 퇴근길에 발생 한 일로 인하여 불안해하고 있는 그녀를 위해서 집까지 같이 동행하고 있는 중이었다.

두 사람은 별다른 말없이 그저 걷기만 했다.

그녀의 집에 거의 도착 했을 무렵, 재령이 정은에게 말을 걸었다.

"우리 이것도 인연이라면 인연인데, 시간 괜찮으면 우리 같이 술이나 한 잔 할래요? 맘이 좀 뒤숭숭해서 이대로 그냥 집에 가긴 좀 그런데"

"음... 아직 근무시간이.... 10분 남았네요. 뭐 그러시죠?"

손목에 찬 시계로 시간을 확인하던 정은은 근무시간이 거의 다 끝난 것을 확인했다.

재령은 그녀의 집 근처 막걸리 집으로 들어갔다.

이미 자주 그리고 여러 번 왔던 단골집이라는 것을 알려주듯 주인아주머니가 그녀를 반갑게 맞아 주었다.

"왔어? 오늘은 친구도 데리고 왔네~ 저기 좋아하는 자리 가서 앉아~ 금방 평소 잘 먹던 걸로 상 봐줄게~"

정은은 도대체 얼마나 자주 온 단골이기에 메뉴까지.. 라고 생각하며 어색하게 미소를 지었다.

"아하하 네 이모~"

재령도 조금 멋쩍은 웃음을 지으면서 평소 좋아하던 다른 테이블과는 조금 떨어져 있는 구석 자리에 가서 앉았다.

정은도 그녀 맞은편에 가서 앉았다.

이내 주인아주머니가 차려준 소박하지만 맛있는 안주와 막걸리가 상 위에 올라왔다.

주전자에 담겨 나온 막걸리는 살얼음까지 동동 떠있어 오늘 같은 더운 여름에는 딱 안성맞춤이었다.

서로 잔에 막걸리를 채워주고 둘은 서로 잔을 부딪쳤다.

"오늘 고마워요"

재령이 정은에게 감사 인사를 건네고 막걸리 한 모금을 삼켰다.

"제가 뭐 한 게 있나요. 무사하셔서 다행이죠."

정은도 다행이란 인사를 건 낸 뒤 막걸리 한 모금을 삼켰다.

"이 집 단골이신 이유가 있네요. 우와!! 진짜 맛있어 이 막걸리~~"

정은이 막걸리 맛에 감탄을 하며 얼굴에 웃음을 지었다.

"그렇죠? 내가 그래서 이 집 앞을 그냥 못 지나가다 보니 어느 순간 이렇게 단골이 됐더라고요"

그렇게 둘은 시간 가는 줄도 모르고 막걸리 예찬과 수다로 밤늦게까지 떠날 줄을 몰랐다.

"언니!! 내가 언니라고 불러도 되죠?"

어느 정도 아니 상당히 둘은 취했다.

"벌써 언니라고 불러 놓고 뭘 물어~~"

재령의 말투도 취했다.

"그럼 언니 오늘부터 내 언니다~~"

정은의 말투도 취했다.

"정은이 내 동생~~!! 자 짠~~!!"

취한 그녀가 정은과 건배를 하며 또 막걸리 한 잔을 단숨에 들이켰다.

"아유 좀 작작 좀 쳐 마셔들~~"

그런 그녀들의 모습을 본 주인아주머니의 잔소리가 떨어졌다.

"이모 내가~~ 오늘~~ 너~~무 힘들었는데~~그래도 정은이 내 동생 때문에 기분이 너~~무 좋아 헤헷!!"

"어유 그려 울 애기 힘들었구먼 그래도 적당히들 마셔~ 내가 파전이나 하나 서비스로 부쳐 줄테니께 그것만 먹고 싸게 집에들 들어가~"

"이모 나도 이모라고 불러도 돼??"

취한 정은도 한 마디 보탰다.

"벌써 이모라고 불러놓고 뭘 또 묻는디야~ 맘대로 혀~"

주인 이모는 기분 좋게 웃으며 조카 둘에게 파전을 부쳐 주러 주방으로 들어갔다.

"근데 언니 아까 그 사람 어떻게 기절까지 시킨 거야?"

"그거?? 내가 안 했어.. 어떤 남자가 나 구해줬어"

"어떤 남자? 어떻게 생겼는지는 봤어??"

정은이 되물었을 때 막걸리 집 문이 열리고 남자 한 명이 들어 왔다.

그리고 재령이 대답했다.

"딱 저렇게 생겼어"

"이모 나 왔어요~ 얼씨구.."

문을 열고 들어온 그와 재령의 눈이 서로 마주쳤다.

11화 (파전)

그의 마음속이 뒤죽박죽이었다.

일이 너무 커졌다.

본의가 아니게 너무 많은 흔적과 피를 흘렸다.

이게 다 그녀 때문이다.

왜 평소답지 못 한 것일까? 왜 자꾸만 그녀 생각이 머릿속에서 떠나질 않을까? 왜 자꾸만.. 지켜주고 싶은 걸까?

조직 하나를 완전히 괴멸 시키고 돌아 온 그는 생각이 많아져 견딜 수가 없었다.

샤워를 하며 몸에서 풍기는 피 비린내를 씻어내고 입었던 옷은 모두 벗어 불에 태웠다.

모든 흔적 하나하나 지워 갔지만 그녀를 어떻게 해야 할 지 도무지 답이 나오지 않았다. 그녀의 흔적만은 지워지지가 않았다.

머리가 복잡한 그는 대충 옷을 챙겨 입고 무작정 밖으로 나왔다.

그러다 오늘은 술이나 한 잔 하며 머릿속을 정리하려 평소 종종 가던 막걸리 집으로 들어갔다.

그런데...

"이모 나 왔어요~"

"어 왔어~? 어서 와 오늘도 혼자 왔구만~ 아무데나 편한데 앉어 맨날 앉던 자린 저기 아가씨들이 먼저 앉아 부렀어"

이 집 주인 이모는 조카가 참 많다.

"얼씨구..."

저 여자.... 또 술 마시고 있다... 상태를 보아하니.... 만취 상태다...

"와아~ 맞지요?? 아까 나 도와주신 분~~"

그는 직감적으로 불길한 예감이 밀려 왔다.

그냥 나갈까 고민하던 찰라.

"뭐시여? 둘이 아는 사인감? 그럼 따로 앉지 말고 저가 같이 앉어. 상 또 차리기 힘들어"

"아..이... 이모... 그런 거 아닌....데~"

주인 이모는 그에게 저쪽을 보라고 고갯짓을 했다.

그가 고개를 돌려 구석 자리를 보니, 자신을 향해 이리 오라며 손가락을 까딱거리고 있는 재령의 모습이 보였다.

"이리 오세요~ 안 잡아먹을 테니까~"

재령의 말에 그는 마지못해 일어나 재령과 정은이 앉아 있는 테이블로 터벅터벅 걸어 갔다.

"잡아...먹어....아직 뱃속에 잡아 먹을 만한 공간은 남아 있습니까?"

이미 주인 이모가 부쳐준 파전은 빈 그릇만 남은 상태였다. 상 위에 펼쳐진 처참한 광경에 그는 잠시 어안이 벙벙했다.

그가 자리에 앉고 얼마 지나지 않아 주인 이모는 새로 부쳐 온 파전과 막걸리를 상에 올려 주었다.

"와~~ 파전!!!"

마치 파전을 오늘 처음 먹는 듯 한 말투로 재령과 정은은 서로의 잔에 막걸리를 새로 채웠다.

"자 한잔 받아요. 오늘 구해줘서 고마웠어요~"

그녀가 그의 잔에 막걸리를 채워주며 감사 인사를 했다.

"아... 뭐.... 근데 아직까지도 얼굴에서 걸레 냄새가..... "

"아핫!! 그건.... 쏴리~ 우리 이것도 인연인데 짠해요 짠~~"

그의 등장으로 셋이 된 그들은 그렇게 건배를 하며 잔을 비웠다.

"무슨 일 해요?"

"아... 프..프리랜서"

재령의 질문이 쏟아졌다.

"이 근처 살아요? 여기 단골이에요? 왜 난 처음 보지? 나도 여기 단골인데.. 나이는? 애인은 있어요?"

"지금... 저 취조 합니까?"

취조라는 말에 정은이 갑자기 소리쳤다.

"취조!!! 나 취조 잘해!!! 내가 그건 잘해!!!"

순간 몰려오는 창피함에 안에 다른 사람이 없었다는 것에 안도감을 느낀 그였다.

"그 쪽은 무슨 일 하시 길래......"

"경찰!! 입니다!! 영등포 경찰서 강력반!!! 김정은 경장 입니다!!!"

"아....경찰이시구나.... 그것도 강력반 형사.... 윗동네 지도자 동지는 아니라 다행이네요"

애써 당혹감을 감춘 그는 내가 어쩌다...를 마음속으로 수백 번은 더 외쳤다.

"죄 짓지 마세요!! 특히!!! 여기 우리 언니 털 끝 하나라도 건드리는 놈은 내가!!! 다 잡아 넣을 거야!!"

우리 언니란다... 그는 이 둘이 원래부터 이렇게 친했나 싶었다.

"아 네~ 어딘가 저한테 하는 말 같아서 무섭네요."

"뭐 잘못한 거 있어요?"

"아니요~ 저는 법 없이...도 살 수 있는 그런.. 선량한? 시민 입니다.."

말이 잘 안 나오는 본인을 보며 거짓말은 역시 자기 체질이 아니라고 그는 생각했다.

- 쿵

둔탁한 소리와 함께 재령이 식탁에 머리를 박으며 쓰러졌다.

"언니? 자는 거야??"

정은이 놀라며 그녀를 흔들어 보았지만 그녀는 꿈쩍도 하지 않고... 잤다..

"이모 여기 이제 다 먹을 것 같아요"

"그려 어여 싸게들 집에 가! 계산은? 누가 할텨?"

그는 정은과 재령을 슬쩍 보고는.... 얕은 한숨과 함께 지갑을 꺼냈다.

"제가.. 할게요."

그의 지갑엔 카드라곤 한 장도 없었고 운전면허증이나 명함 같은 신분을 알 수 있는 그 어느 것도 없었다. 술 값 계산도 그는 현금으로 했다.

"이모 거스름돈은 아이스크림 사 드세요"

"그려 그럼 나야 고맙지"

정은은 그런 그가 특이하다고 생각했지만 성격 탓이겠지 하며 대수롭지 않게 생각했다.

밖으로 나가려던 그를 정은이 불러 세웠다.

"저...저기...!!"

몸이 반쯤 문 밖을 나간 상태에서 그는 정은을 돌아보았다. 정은은 손짓으로 여전히 식탁에서 쿨쿨 자고 있는 재령을 가리켰다.

"내가??"

그는 손가락으로 자신을 가리키며, 내가 왜? 라는 표정을 지었다.

"그럼 내가??"

정은 역시 내가 어떻게? 하는 표정을 지으며, 그를 향해 빨리 업으라는 무언의 압력을 보냈다.

"하.... 오늘 정말..."

그는 다시 안으로 들어가 그녀를 흔들어 깨웠다.

"그만 일어나시죠???"

하지만 그녀는 꿈쩍도 하지 않았다.

"아 쫌~~~!!"

12화 (천사)

그는 지금 또 다시 '내가 어쩌다...' 를 대략 천 번쯤 반복 하고 있었다.

그의 등에는 지금 재령이 업혀 있었고, 뭐가 좋은지 정은은 뒤쫓아 오는 내내 깔깔거리며 웃고 있었다.

별안간 갑자기 재령이 잠에서 깨어 소리를 질렀다

"2차!! 2차 가야지!!! 소주에 맥주 말아야지!!"

그가 깜짝 놀라 하마터면 그녀를 바닥에 떨어뜨릴 뻔 했다.

"아윽... 오늘 내 하루가 정말 제대로 말릴 대로 말렸다!!"

다음 날 숙취에서 간신히 살아난 재령은 시간을 보고 화들짝 놀랐다.

그녀의 핸드폰은 오전 10시를 표시하고 있었다.

"아앗!!! 지각이다!!! 알람이 왜 안 울렸지!!!!??"

정신을 차린 그녀는 눈이 휘둥그래졌다. 자기 집이 아닌 어딘가 낯선 곳에서 눈을 뜬 것이다.

"여기 어디야~ 어디지? 내 가방!!"

어제 대체 무슨 일이 있었던 것인지 아무리 생각을 하려 해도 기억이 나질 않았다.

그보다 지금 출근이 급했다.

어딘지도 모르는 곳에서 눈을 떠 회사까지 지각에, 가방은 어디에 던져뒀는지 기억도 나질 않는다.

그녀가 거의 울기 직전일 때쯤 샤워를 끝내고 욕실에서 나오는 정은이 보였다

"아..아아... 정은아~~ 여...여기 어디야??"

"어디긴요 우리 집이지.. 정신 좀 들어요??"

우선 첫 번째 안도감이 몰려 왔다. 우선은 이상한 곳은 아니고 정은의 집이다.

그리고

"혹시 내 가방은??"

"저기!"

의자 위에 아무 일 없었다는 듯이 놓여 있는 그녀의 가방을 보고 재령은 또 한 번 가슴을 쓸어 내렸다.

그녀가 몇 달 치 월급을 모으고 모아 장만한 비똥이 가방이었다.

그리고

"아 나 좀 깨우지 지각이야 어뜨케~"

"언니... 오늘 토요일인데...."

이상한 곳도 아니었고, 그녀의 소중한 가방도 무사했고, 지각도 아닌 오늘은 토요일이었다.

핸드폰 알람이 안 울렸던 이유도 오늘이 토요일이었기 때문에 울리지 않았던 것이었다.

"으하아아아..."

거의 무너지다시피 그녀는 다시 이불 위로 쓰러지듯 누웠다.

"언니 어제 정말 대단했어요. 후훗"

"어제? 어제 무슨 일 있었는데?"

아무것도 기억나지 않는 그녀는 눈만 휘둥그레 뜬 채 정은을 쳐다봤다.

"정말 아무것도 기억 안나요?? 내가 정말 평생 잊을 수 없는 추억이라 푸하하하하하하"

정은의 웃음이 지금 이 순간 그렇게 얄미울 수가 없었다.

거의 울기 직전까지 웃음을 침지 못하던 정은이 핸드폰을 가져와 동영상 하나를 재생시켰다.

동영상 안에서 보이는 자신의 모습에 재령은 그녀 안에 또 다른 자아가 있음을 느꼈다.

"이....이게 대체...."

"2차 가야지~~~ 소주에 맥주 말아야 한다고~~"

"좀... 위에서 그만 뛰면 안 될까요?"

그의 등에 업혀 있는 채로 방방 뛰며 2차를 외치던 그녀의 모습부터 동영상이 시작 됐다.

"생명의 은인씨~ 2차 가자~~ 2차~~"

"집에 갑시다. 제발~"

사정하고 있는 그의 목소리는 그녀의 외침에 다시 한 번 묻혔다.

"자 앞으로 전진~~ 말이 말을 안 듣는다~ 전진~~ 2차 앞으로~"

"큭큭큭큭큭큭큭"

동영상을 찍고 있는 정은이 웃겨 죽는다는 듯 웃는 소리가 들렸다.

"저기.... 이 분 집 어디에요??"

숨을 헐떡거리는 그가 정은에게 물었다.

"나도 몰라요~ 큭큭큭큭"

"핸드폰으로 연락 오고 그런 거 없어요?

그의 말에 정은이 그녀의 핸드폰을 보여 줬다.

"비번~!!"

잠겨 있는 핸드폰을 어떻게 보냐는 말이었다.

"아 왜 이 여자는 핸드폰 배경화면도 자기 명함 사진이야~"

　　-　꽈당

순간 화면이 바닥으로 떨어졌고 그의 당황한 목소리가 들렸다

"괜찮은 거예요? 일어 날 수 있겠어요? 내가 지금 못 도와줘!! 알아서 일어나요~"

"괜찮아요.. 큭큭큭 프하하하"

바닥에 심하게 넘어지면서도 웃음이 멈추지 않던 정은이었다.

"그거 알아요? 우리 아직 막걸리 집 앞이라는 거?"

등에서 발버둥 치는 사람과 웃느라 정신 못 차리고 있는 사람 때문에 몇 십분 째 한 발짝도 못 움직이고 있는 그들이었다.

재령은 그의 등에서 연신 전진을 외쳐 댔고, 정은은 연신 바닥을 온몸으로 쓸고 있었다.

"하.... 이게 뭐야~"

그의 외침과 함께 첫 번째 동영상이 끝났고 곧이어 정은이 두 번째 동영상을 재생 했다.

- 탈탈탈탈탈탈

어디서 끌고 온 건지 마트 쇼핑용 카트에 재령이 올라타 앉아 있었다.

"아저씨~ 우리집~~ 우리집 가~~"

"큭큭큭 나 진짜 미치겠다. 큭큭큭"

여전히 정은은 배꼽이 빠지게 웃고 있었고 화면엔 온 몸이 땀에 젖은 채로 카트를 밀고 가는 그가 보였다.

"아악!! 그래 나도 미치겠다~~"

그의 외침이 그렇게 애절 할 수가 없었다.

"아흐흐흐흑 여기 여기에요 우리집"

드디어 도착을 알리는 정은의 목소리에 그는 두 팔을 들어 만세를 위치며 격하게 기쁨을 표현 했다.

"아.... 잠들었네 또.... 어떻게 내리지?"

그 사이 재령은 카트 안에서 잠들었고, 그는 카트 안에서 재령을 들어서 꺼내다 그만

- 와장장창창

카트가 뒤집혔다.

다행히도 재령은 그의 위로 떨어져 상처 하나 입지 않았고, 잠에서 깨지도 않았다.

"괜찮아요?"

정은의 물음에 그가 대답했다.

"아니요 하나도 안 괜찮아요. 오늘 정말 절대 못 잊을 것 같아"

그는 다시 재령을 안아 일으킨 후 다시 등에 업었다. 그리곤 손짓으로 빨리 앞장서라며 정은을 재촉 했다.

동영상이 끝나고 재령은 어디 쥐구멍이라도 들어가고 싶은 심정이었다.

"이게 나라고?? 이게 나라고??"

"언니 그 말 한 번만 더 하면 백 번은 하는 것 같아"

현실을 부정하고 싶은 그녀의 마음을 아는지 모르는지 이건 너무나도 빼도 박도 못하

는 명백한 증거이며, 너무나도 정확하게 그래 이거 너야! 라고 말하고 있었다.

"그래도 그 분 갈 때는 쿨하게 갔어, 우리 집 현관 앞까지 딱 언니 업어다 주고"

"너 근데 넘어 진 건 괜찮아?"

동영상 안에서 심하게 넘어지던 것을 기억하고 재령은 정은을 챙겼다.

정은이 긴 머리를 살짝 옆으로 치우자 이마에 긁힌 상처가 보였다.

"아이 참!! 약 좀 가져와봐 발라 줄게"

그녀는 어제 생긴 동생이지만 그래도 동생이라고 다친 모습을 보니 마음이 안 좋았다.

가지고 온 상처에 바르는 연고를 발라 주는 재령을 물끄러미 바라보며 정은이 얘기 했다.

"언니 지금 되게 천사 같아 보여요"

"그래? 아직 네가 내 안에 있는 악마를 못 봐서 그래"

정은은 고개를 저으며 악마가 있을 리가 없다고 얘기 했다.

"천사 나재령 이니까.. 엔젤라 라고 불러야겠다."

"야~아주 심하게 오글오글 하다 손가락이 사라지겠어~ 자 끝!"

정은의 이마에 밴드를 붙여주고 재령이 정은의 이마를 살짝 탁! 쳤다.

"그나저나 저희 어제 그분 이름도 안 물어 봤네요? 이래저래 신세도 많이 졌는데"

정은의 말에 그녀도 문득 그를 떠올렸다.

"그러게 이름도 모르네.. 허리는 괜찮나 몰라"

13화 (악마)

"아악"

"윽!!"

그의 집 안은 그의 고통스러운 신음 소리로 계속 울려 퍼졌다.

전쟁과도 같은 아니 전쟁보다 더 전쟁 같은 밤을 보내고 집에 돌아온 그는 현관 거울에 비친 자신의 모습을 보고 기가 찼다. 온몸은 땀에 젖어 있었고, 팔꿈치에서는 피가 흐르고 있었으며, 허리는 펴지지 않았고, 한 쪽 다리는 절뚝거리고 있었다.

대림동에서 조직을 괴멸하고 돌아 올 때까지도 피 한 방울 흘리지 않았던 그였는데..

그녀와 함께 밤을 보낸 후유증은 그 어떤 의뢰를 처리한 것 그 이상으로 처참했다.

잠을 자고 일어난 그의 온몸엔 전날 밤의 흔적들이 고스란히 근육통으로 남아 있었다.

그래도 그녀와 함께 있던 그 순간만큼은 복잡했던 머리가 깔끔하게 정리 되는 느낌이라 좋았다.

마음속에 앞으로 어떻게 해야 할지 결정이 선 느낌이다.

그는 지난 밤 자신의 등에 업혀 잠들어 있던 재령을 떠올렸다. 세상모르고 그의 등에서 새근거리고 있는 아이 같이 순진하기만 해 보이는 그녀의 얼굴이 머리에 가득 찼다.

　　- 쿵쿵

그의 심장 소리가 갑자기 크게 들리는 것 같았다.

"이거 중증이네..."

그녀에 대한 생가을 떨쳐 버리려 무의식적으로 그가 옆으로 돌아눕는 찰나 그는 한 번 더 비명을 질렀다.

"으악!! 내 허리!!"

오늘은 그냥 쭉 집에 있어야 할 것 같았다.

"다시 너랑 술 한 잔 할 수 있을까?"

힘든 시간이었지만 마냥 힘들기만 하지 않았다. 잊지 못할 추억으로 남을 것 같았다.

토요일이었지만, 직업이 경찰인 정은은 오후 근무 때문에 출근을 해야 했다.

"언니 나 오후 출근이야 이제 준비하고 나가서 같이 속이나 풀자~"

"응 그래 내가 눈치 없이 너무 오래 앉아 있었네."

재령과 정은은 간단히 준비를 하고 밖으로 나왔다.

"너네 집 5층 이었구나..."

정은의 집은 지어진 지 조금 연식이 있어 5층이었지만 엘리베이터가 없었다.

어제 그가 이 계단을 자신을 업고 올라왔다는 생각에 다시 한 번 그녀는 머리가 어질 했다.

다시 그를 만날 수 있을까 라는 생각을 하며 그녀는 정은과 함께 계단을 내려 왔다.

근처 콩나물국밥 식당에서 그 둘은 해장을 했다.

"그런데 나도 어제 카트에서 떨어진 거 아냐? 왜 난 상처 하나 없지?"

동영상에서 카트가 넘어가는 장면을 본 기억이 있어 재령이 정은에게 물었다.

정은은 그 때를 생각하며, 그녀에게 대답을 했다.

"그게.... 그분이 아주 필사적으로 언니를 받았어.. 바닥에 아주 대자로... 둘 다.... 꽝!! 근데 언니는 바닥에 닿지도 않았어. 그분이 막... 언니를.... 딱!! 그분 팔에서 피도 난 것 같던데.. 언니는 그 와중에도 잘 자더라."

팔을 쭉 뻗으며 그의 동작을 따라 하면서 까지 정은은 신이 나서 그 때의 상황을 설명 했다.

"내가 끝까지 민폐를...."

"그분 덕분에 언니가 지금 이렇게~ 멀쩡하게~ 그분 아니었음.... 아마 아직 우린 그 막 걸리 집 앞이었을 거야"

재령은 창피함에 얼굴이 빨개질 것 같았다. 그리고 그에게 고마운 마음도 들었다.

"근데 정은아...."

"응?"

순간 재령이 얼굴색을 바꾸며 나지막한 목소리로 정은을 불렀다.

"그 동영상 지워라~"

"앗!! 악마다.. 그 악마다~!!"

어금니를 꽉 물고 말하는 그녀를 보는 순간 정은은 진심으로 악마를 보았다.

14화 (침입)

재령과 헤어지고 정은은 출근을 했다

토요일임에도 김영제 반장이 출근을 해있었다.

그리고 건너편 책상에는 어제 잡혀 온 조직의 남자가 진술서를 작성하고 있었다.

"김 경장 왔어?"

김영제 반장은 출근하는 정은을 보면 인사를 했다.

"쉬시는 날인데 왜 나오셨어요?"

"그냥 범인도 안 잡히고 심란해서"

김 반장이 앞에서 진술서를 쓰고 있는 남자를 바라보며 말을 이었다.

"어제 잡혀 왔다며? 피해자 상태는 괜찮나?"

"완전 멀쩡합니다."

정은은 재령을 떠올리며 터져 나오려 하는 웃음을 억지로 삼키며 대답을 했다.

"근데 이 녀석은 뭘 잘했다고 현행범으로 잡혀 온 놈이 왜 묵비권을 행사하시는 중이신지 이해를 할 수가 없다~"

김 반장은 진술서를 쓰는 내내 입을 다물고 있는 남자를 보고 혀를 찼다.

"반장님 먼지가 조금 많이 쌓인 것 같은데 청소 한번 해야 할 것 같습니다."

"아 그럴까? 간만에 먼지도 좀 털고 청소 한번 하자 그럼"

정은의 청소 제안에 다들 분주히 일어나 빗자루와 먼지떨이를 들고 왔다.

"최 순경은 저기 CCTV 카메라 근처 거미줄 봐라~ 자 다들 청소 시작!!"

"이야잇!!"

김 반장의 말에 순경들은 빗자루로 CCTV 카메라를 가렸고, 김정은 경장을 필두로 한 몇몇은 입을 닫고 있던 조직원 남자를 괴롭히기 시작했다.

"말을! 왜! 안 해!! 왜!!"

아무래도 김 경장이 마음에 쌓인 것이 많았던 것 같다.

"충성! 청소 중 이상 무!"

입구 쪽에 있던 순경 하나가 다들 들을 수 있도록 큰 소리로 누군가 높은 사람이 들어

옴을 알렸다

"서장님!! 토요일인데 어쩐 일로"

"그냥 지나가는 길에 들러 봤어"

김영제 반장이 서장이 들어오자 이내 달려가 반겼다.

"청소들 하고 있었어?"

서장은 다 알지만 모른다는 말투로 이야기를 했다.

"이 녀석이 그 녀석인가?

"네 어제 칼 들고 설치던 놈입니다. 자식이 말이 통~ 없습니다."

김 반장이 조직원 남자를 가리키며 말했다.

"아휴 우리 김정은 경장이 청소 제일 열심히 했나봐?"

"아 ... 하... 아닙니다. 서장님"

가쁜 숨을 추스르며 정은이 대답했다.

"그럼 난 그만 방해하고 갈 테니 청소 마저 열심히 하라고~ 아 저기 아이스크림 하나
씩 먹으면서 하라고"

서장은 책상 위에 올려 둔 검은 비닐봉지를 가리키며 말했다

"감사합니다!! 들어가십시오. 서장님~"

김 반장이 서장을 배웅했고 뒤를 돌아 큰 소리로 외쳤다.

"청소 다시 시작!!!"

그 시각 집에 도착한 재령은 깜짝 놀랐다.

그녀의 집 문은 살짝 열려 있었고, 집 안은 누군가 들어와 마구 헤집어 놨다.

하지만 그녀의 귀중품들은 하나도 사라지지 않았고, 마치 무언가를 찾았던 것 같았다.

무서움으로 온 몸에 소름이 돋았다. 떨리는 손으로 그녀는 정은에게 전화를 걸었다.

"헉... 헉... 헉...... 언니!!... 왜? 무슨 일이야? 헉..."

"정은아... 나 무서워.... 도와줘"

그녀의 떨리는 음성에 정은의 표정이 일순간 바뀌었다.

"언니 어디야 지금??"

15화 (불안)

재령의 연락을 받고 정은은 그녀의 집으로 급하게 달려갔다.

그녀가 알려 준 집 주소를 찾아 도착한 정은은 잠시 헛웃음이 나올 뻔 했다.

"막걸리 집이... 저기 있네..."

어제 그녀와 막걸리를 마셨던 곳이 재령의 집 앞에서 기껏해야 30미터도 되지 않는 거리에 있었다.

서둘러 재령의 집으로 뛰어 올라간 정은은 망연자실 한 듯 한 표정으로 있는 그녀를 발견했다.

"언니!! 다친 곳은 없어요?"

"마음이 다쳤어... 요즘 왜 계속 이런 일이 생기는 걸까?"

기운이 하나도 없는 그녀를 정은이 위로했다.

"언니만 안 다쳤으면 된 거야.. 너무 우울해 하지 마 언니.. 이 지역 순찰 더 강화 하라고 보고 올려놓을게.. 특히 언니 집 주변 잘 지켜보라고 할게"

"고맙다 정은아..."

대답하는 그녀의 목소리가 금방이라도 울음을 터뜨릴 것 같았다.

　　- 비도 오고 그래서 네 생각이 나서...

정은의 핸드폰이 울렸다.

"나도 그 노래 좋아하는데.. 비 올 때 종종 들었어."

그녀의 말에 정은이 싱긋 미소를 지으며 전화를 받았다.

"예 반장님"

김영제 반장의 전화였다.

"김 경장 나재령씨는 괜찮은 건가?"

"네 다친 곳은 없고 많이 놀란 상태입니다만... 무슨 일 있습니까?"

정은은 김 반장이 그녀의 집에서 발생한 주거 침입이라는 비교적 작은 사건을 확인하고자 자신에게 전화를 한 것이라고는 생각하지 않았다. 다른 일이 있어서 전화 한 것이라는 생각이었다.

김 반장이 정은의 물음에 말을 이어갔다.

"어제 잡혀 온 그 녀석, 대림동에 있는 청부 살인으로 유명한 조직에 있는 놈인데, 어제 밤에 그 조직원들 전멸 했어. 누군가 이 녀석 조직원들 다 죽였다고! 여의도 한강 근처에서도 이놈들이랑 한 패로 보이는 시체 4구가 발견 됐는데, 이 녀석 말로는 나재령씨 쫓다가 다들 당한 거라고 하더라고. 아무래도 나재령씨가 뭔가 큰일에 휘말린 것 같아.. 재령씨 집에 누가 왔던 것도 이 일이랑 무관하지 않은 것 같다"

정은은 온 몸에 소름이 올라오는 것을 느꼈다.

"경호 인력 배치 요청 드리겠습니다."

정은은 그녀가 눈치 채지 못하도록 김 반장에게 그녀 주변에 경호 인력 배치를 요청했다.

"인력이 없어 대림동으로 다 지원 나가서 그 쪽으로 보낼 수 있는 여력이 없어"

"대림동으로 꼭 그렇게 많은 인력이 갈 필요는 없지 않습니까?"

약간은 격양 된 목소리로 정은이 김 반장에게 따져 물었다.

"김 경장 말, 무슨 말인지 잘 알겠는데, 스무 명이 죽은 살인 사건이야.. 지금 비상이라고"

"말씀 잘 알겠습니다만. 그래도... 저한테 더도 말고 딱 두 명만 지원해 주십시오. 제가 직접 하겠습니다."

한 동안 김 반장의 고민하는 한숨 소리가 수화기 너머로 들렸다.

"하.....딱 두 명이야... 대신 그 쪽 상황 확실히 컨트롤 해!!"

"감사합니다. 반장님"

통화하는 정은을 계속해서 바라보고 있던 그녀가 정은에게 물었다.

"왜? 무슨 일 생겼어? 가야 돼??"

"아니.. 언니는 이제 나랑 주말 내내 같이 놀면 돼 내가 언니 옆에 꼭 붙어서 언니 지켜 줄게!!"

정은이 애써 밝게 웃으며 그녀에게 말했다.

"고마워 정은아"

재령은 정은 덕분에 그래도 마음 속 불안이 한결 나아지는 것을 느꼈다.

16화 (세력)

김영제 반장은 대림동 살인 사건 현장에 지원을 나갔다.

"괜찮냐?"

김 반장이 침울함에 빠져있는 친구에게 물었다.

전날 함께 술 한 잔 기울이는 도중 아는 동생이 연락이 되지 않아 확인하러 갔던 친구는 동생의 사무실에서 처참한 광경을 목격했다.

자신의 관할에서 처리 해 보려 하였으나, 사건이 너무나 컸다.

"자기들끼리 칼부림이라도 한 건가?"

김 반장이 현장을 보며 말했다.

"사용 된 무기가 주로 칼이긴 하지만.. 총도 있었어.. "

친구는 동생의 주검을 가리키며 말을 이었다.

"양 쪽 허벅지에 한 발씩.. 이건 고문한 흔적이야.. 뭔가를 캐내려 했어.. 그리고 마지막으로 머리에 한 발.."

"그래서 그 원하던 걸 얻었는지 모르겠군.."

순간 김 반장은 전날 밤 본인이 느꼈던 쇠 냄새와 비릿한 냄새가 총알의 화약 냄새와 피 비린내였다는 것을 깨달았다.

"우리 어제 먹은 곳이 여기에서 어떻게 가지?"

"거기는 왜?"

"어제 내가 누굴 좀 본 것 같거든.."

김 반장은 친구의 길 안내를 따라 전날 술을 마신 식당으로 갔다.

주변을 유심히 살피던 김 반장이 근처에 있던 방법 치안용 CCTV 를 가리키며 친구에게 물었다.

"저거 녹화 잘 됐겠지?"

오후 늦은 시각 허기를 느낀 그가 주방을 뒤져 보았으나 이거다 싶은 음식은 보이지 않았다.

하는 수 없이 밖에 나가 간단히 먹을 재료들을 사오려 외출 준비를 했다.

집 밖으로 나와 마트를 향해 걸어가던 그의 눈에 잠복해 있는 것으로 보이는 경찰 둘이 보였다.

"잠복근무 치곤 너무 보이게 있는데?"

그의 경험과 직감으로 잠복해 있는 경찰을 잘 찾을 수 있을지는 모르겠지만 재령의 집 앞에서 경호 임무를 수행 중인 경찰 둘은 차 안에서 너무나도 경계심이 없어 보였다.

그는 굳이 경찰한테 관심을 줄 필요가 없어 자연스레 그들에 대한 관심을 거두고 마트로 향했다.

그 날 밤 한강 둔치 주차장에는 검은색 세단 두 대가 조용히 접선을 했다.

차 뒷좌석에는 WAK 그룹 이 회장과 그의 아들이 앉아 은밀한 이야기를 했다

"아직 그 여자도 처리 못하고 USB도 회수 못한 거냐?"

"그게..심부름을 시킨 놈이 갑자기 딴 마음을 품는 바람에 조금 지체 됐습니다."

이 회장은 그런 아들이 못마땅하다는 말투로 질책을 했다.

"시간 끌어 봤자 좋을 것이 없다는 걸 너도 잘 알지 않나?"

"안 그래도 실력 좋은 녀석들을 불러 왔습니다. 내일까지 정리해서 보고 드리겠습니다."

"날 실망시키지 않는 것이 좋을 거야"

"명심하겠습니다."

차에서 내려 다시 본인의 차에 올라탄 이 회장 아들의 표정이 일그러졌다.

"그저 말 한마디면 다 되는 줄 알아!! 뒤치다꺼리는 누가 다 하고 있는데"

한바탕 소리를 지른 그가 핸드폰을 들어 어딘가로 전화를 걸었다.

"Yes Sir"

아주 낮은 목소리의 남자가 전화를 받았다.

"내일까지 말한 일들 모두 처리해서 보고해"

"No problem Sir"

17화 (선물)

재령과 정은은 또 함께 밤을 보냈다.

재령은 자신을 걱정해주며 함께 있어 주는 정은이 고마웠다.

하지만 정은은 재령에게 미처 말하지 못한 현재 상황에 대한 불안감 때문에 밤이 새도록 잠에 들 수가 없었다.

다행히 재령은 어느 정도 밤이 깊어지자 스르르 잠이 들었다.

아침에 눈을 뜬 그녀가 붉게 충혈 된 정은의 눈을 보고 걱정스레 물었다.

"잠 못 잔거야?"

"잠자리가 바뀌면 내가 원래 잘 못 자서.. 괜찮아 걱정하지 마."

맨 바닥에서 이불 한 장 없이도 잘 수 있는 정은이었다. 며칠 동안 잠복을 하는 차 안에서도 큰 불편함 없이 잠을 잤었다.

하지만 재령에게 위험이 닥칠 수 있다는 걱정에 잠을 못 잔 것을 티 낼 수가 없어 정은은 착한 거짓말을 했다.

밖에서 경호 임무를 수행 중인 동료에게 정은은 상황 보고 요청 문자를 보냈다.

'이상 징후 없음'

다행히 밤사이 별다른 문제는 없어 보였다.

"언니 우리 나갈까?"

정은이 재령에게 외출을 제안했다.

하루 종일 집 안에서 불안해하는 것보다 밖에 나가는 편이 심적으로 좋을 것 같았다.

둘은 그렇게 재령의 차를 타고 가까운 쇼핑몰로 향했다.

재령은 아기자기하게 차 내부를 잘 꾸며 놨다. 그녀가 혼자 운전 할 때 마다 조수석에서 친구가 되어 주는 곰돌이 푸우 인형이 특히 귀여웠다.

정은은 재령의 옆에 앉아 쇼핑몰까지 가는 동안 푸우 인형을 꼭 끌어 앉은 채 귀엽다는 말을 연발 했다.

개장을 한지 얼마 안 된 시간이었지만 쇼핑몰 안에는 벌써 꽤 많은 사람들이 쇼핑을 즐기고 있었다.

재령과 정은은 먼저 허기를 달래려, 쇼핑몰 안에 있는 브런치 카페에 들러 둘은 아침

겸 점심을 즐겼다.

재령은 명란 아보카도 비빔밥, 그리고 정은은 에그 베네딕트를 시켰다.

"카페에서 비빔밥이라니.."

정은은 카페에서 보기 힘든 메뉴에 신기해 했다.

"여긴 이게 맛집이야"

"언니는 참 맛집도 많이 아는 것 같아"

정은은 지난 막걸리 집에서의 그 맛이 떠올라 입에 침이 고이는 듯 했다.

"다음에 우리 그 막걸리 집 또 가자.. 나 순간 그 맛이 떠올랐어."

정은의 말에 재령이 새끼손가락을 내 보이며 말했다.

"그래 또 같이 가자 약속"

정은이 해맑게 웃으면 새끼손가락을 마주 걸었다.

"약속 했어요~"

하지만 계속해서 피어나는 불안한 마음을 정은은 떨쳐 버릴 수가 없었다.

잠시 후 음식들이 나왔고 재령은 명란 아보카도 비빔밥을 한 숟가락 떠서 정은의 입에 넣어줬다.

"자 아~ 해봐~"

비빔밥을 맛 본 정은의 눈이 커졌다.

"아!! 뭐야 나도 이거 시킬걸~~"

역시 그녀의 선택은 언제나 옳았다.

식사를 마치고 커피 한 잔씩 손에 든 채 둘은 쇼핑몰 안을 구경하고 있었다.

둘은 그 동안 업무에 치여 쇼핑할 여력도 없었던 터라 간만에 나온 이 시간이 즐거웠다.

정은이 이런 저런 액세서리를 파는 매대 앞에 멈춰 섰다.

"뭐 사려고?"

재령이 정은에게 물었다.

"아니.. 내일 언니 생일이잖아

"어떻게 알았어?"

재령은 정은이 자신의 생일을 알고 있는 것에 진심으로 놀랐다.

"전에 언니 경찰서에 진술서 쓰러 왔을 때 생년월일 적은 걸 봤지"

"너 그거~ 개인정보 유출 아니냐?"

"신고하고 싶음 신고하시던가요~"

정은은 재령에게 씨익 웃어 보이고는 매대 위에 있는 액세서리 들을 둘러 보기 시작했다.

그러고는 곱창밴드를 하나 골라 재령에게 보여줬다.

"이걸로 머리 한 번 묶어봐"

재령은 정은에게서 건데 받은 곱창밴드로 머리를 묶어 보여줬다.

"역시 영해 보여~ 좋아 이걸로 정했어."

정은은 재령에게 그렇게 생일 선물을 안겨 주었다.

"생일 미리 축하해 언니.. 내가 내일은 사무실에 들어가야 해서 오늘 미리 주는 거야"

재령은 정은에게 미안하면서도 고마워서 눈물이 날 뻔 했다.

이 아이가 왜 이렇게 계속 감동을 안겨주는지 모르겠다.

재령은 정은을 꼬옥 안아주었다.

"정말 고마워 정은아"

그렇게 그 둘은 꽤 오랜 시간을 쇼핑몰에서 보낸 후 집으로 돌아갔다.

18화 (오열)

하루가 지나자 근육통은 어느 정도 사라진 것 같았다. 그는 이른 저녁을 먹고 산책을 할 겸 동네를 천천히 걷고 있었다. 해가 어느 정도 내려간 상태라 동네는 조금씩 어둑어둑해지고 있었다.

골목 모퉁이를 돌며 어제 봤던 잠복근무하는 경찰을 다시 확인 했다.

여전히 그 둘은 차에서 경계심 없는 모습으로 앉아 있는 모습이 확인 됐다.

그가 어느 정도 걸어갔을 때

   - 쨍그랑, 쨍그랑

계속해서 유리가 깨지는 소리가 들려왔다.

그는 직감적으로 깨지는 유리가 자동차 유리 인 것을 알았다. 그리고 그 자동차 유리가 총알에 의해서 깨지는 소리임을 눈치 채고 본능적으로 몸을 숨겼다.

주위를 재빨리 둘러보며 그의 주변에 위협이 될 만한 요소가 없음을 확인한 후 소리가 난 방향을 살폈다.

그 곳엔 외국인 두 명이 각각 양 쪽에서 잠복해 있던 경찰들을 향해 총을 쏜 뒤 사망 여부를 확인하고 있었다.

경찰들이 모두 사망한 것을 확인하자 그 둘은 바로 앞 건물로 뛰어 들어갔다.

그는 이 일에 휘말리지 않기 위해 서둘러 현장에서 벗어나려 몸을 숨긴 채 골목을 돌아 지나가려 했다. 그 순간

"꺄아아악"

그는 그 비명 소리가 낯설지 않았다. 이틀 전 들었던 그녀의 비명 소리다.

그는 생각할 겨를도 없이 아까 두 명의 외국인이 뛰어 들어갔던 건물로 전력질주를 했다.

   - 똑똑똑

그녀의 집에 노크 소리가 들렸다.

정은의 느낌이 좋지 않았다.

"쉿!"

정은은 검지를 입에 대며 재령에게 아무 말도 하지 말라고 신호했다.

그 뒤로 한동안 아무런 소리도 들리지 않자 정은은 밖에서 경호 임무를 하고 있는 경찰들에게 연락을 했다.

하지만 아무와도 연락이 되질 않았다.

정은은 김 반장에게 비상 상황 발생 문자를 남긴 후 외부 상황을 확인하기 위하여 문을 살짝 열었다.

그 순간 괴한 중 한 명이 힘으로 문을 열어젖히며 안으로 들어 왔다.

정은이 재령을 지키기 위하여 괴한을 공격하였으나, 힘으로 당해낼 수가 없었다. 정은의 공격은 너무도 쉽게 막혔고, 괴한은 정은의 저항이 귀찮은 듯 칼을 빼어 들었다. 칼날이 몇 차례 허공을 갈랐다. 정은의 배를 노리고 찔러 들어오는 괴한의 팔을 정은이 힘겹게 잡았으나, 괴한의 힘을 당해 낼 수가 없었다. 결국 괴한의 칼이 정은의 배를 찔렀다.

"아악!"

고통스러운 비명 소리가 정은의 입에서 새어 나왔다.

쓰러지는 정은을 보며 재령은 망연자실 했다.

"도대체 나한테 왜 그러는 거야!! 나한테 원하는 게 뭐냐고!!"

그녀의 목소리는 절규에 가까웠다.

"Give me the USB"

괴한은 그녀에게 USB 를 내 놓으라 소리쳤다.

하지만 그녀는 그가 말한 USB가 무엇인지 알 수 없었다.

- 깡!!!

그 때 조용히 괴한의 뒤로 다가온 그가 계단에 있던 소화기를 집어 괴한의 머리를 내리쳤다. 괴한은 그 자리에서 의식을 잃고 쓰러졌다.

재령은 급하게 정은에게 달려갔다.

"안돼 정은아 제발 정신 차려!!"

그녀의 눈에서 눈물이 뚝뚝 떨어졌다.

"같이 막걸리 또 먹으러 가기로 약속 했잖아 제발 눈 좀 떠봐!!"

그녀가 계속해서 정은을 불렀지만 정은은 아무 대답도 하지 않았고, 눈도 뜨지 않았다. 오열하고 있는 그녀의 모습을 보고 있는 그의 마음이 쓰려 왔다.

19화 (정체)

건물 안으로 두 명이 뛰어 들어간 것을 확인했던 그는 나머지 괴한 하나를 찾기 위해 정신을 집중했다.

상대가 총을 들고 있었던 것을 기억한 그는 현관에 있던 슬리퍼 한 짝을 들어 문 밖으로 높이 던졌다.

- 착! 착!

소음기가 달려있는 권총에서 발사 된 총알이 그대로 슬리퍼에 명중했다.

"하... 쉽지 않겠네.. 재령씨.. 정은씨한테 박혀있는 칼은 절대 건들지 말고 뽑지도 마세요.

뽑으면 피가 더 쏟아져 나올 거예요"

"뽑으래도 못 뽑겠어요. 저는..."

눈물이 뚝뚝 흐르는 그녀를 뒤로하고 그는 들고 있던 소화기의 안전핀을 뽑고 현관 밖 복도에 분사했다.

복도는 이내 소화기 분말로 가득 차 앞이 보이지 않을 정도였다.

"금방 올게요. 여기서 잠깐 기다려요"

그는 그녀에게 기다리라는 말을 남기고 뿌연 분말 속으로 뛰어 들어갔다.

재령은 그 사이 정은의 상태를 다시 살폈다.

아직 정은은 가늘게 숨을 쉬고 있었다. 그런 정은을 그녀는 품에 안아 자세를 편하게 해주었다.

"제발... 부탁이야..."

얼마나 지났을까 그녀의 바람이 이루어진 것일까.

"아파..."

정은이 정신을 차리고 눈을 간신히 떴다.

"정은아.. 아.. 다행이다.."

"언니..."

정은이 힘겹게 말하고 있었다.

"말하지 마.. 난 괜찮으니까.. 아무 말도 하지 마"

잠시 후 그녀의 앞에 피투성이가 된 그가 나타났다.

"꺄아악!!"

"아윽!! 아파!!"

깜짝 놀란 그녀가 자신도 모르게 정은을 안고 있던 팔에 힘을 주었고 그 때문에 정은은 너무 아팠다.

"미안해요 나에요"

"다친 거예요?"

피투성이인 그를 보고 그녀가 물었다.

"아 내 피가 아니에요.. 재령씨 우선 빨리 그 매일 들고 다니는 가방부터 챙겨요. 정은씨는 내가 데리고 내려갈 테니"

"그 가방은 왜요?"

되묻는 그녀에게 그가 급하게 대답 했다.

"가면서 말해줄 테니 빨리요"

그가 정은을 부축하며 건물을 빠져 나올 때 김영제 반장이 달려왔다.

"김 경장!!! 이게 어떻게 된 거야!!"

"빨리 구급차 불러 주십시오. 출혈 때문에 박혀 있는 칼은 아직 뽑지 않았습니다. 피를 많이 흘린 상태 입니다."

그가 김 반장에게 정은의 상태를 설명했다.

"안에 놈 들이 쓰러져 있을 겁니다. 두 놈이에요"

그의 말에 김 반장은 옆에 있던 다른 형사에게 정은을 부탁하고 건물 안으로 뛰어 들어갔다.

"그럼 정은씨를 잘 부탁합니다."

그는 정은을 동료 형사에게 부축을 부탁하며 말했다 이미 출혈이 심했던 정은은 의식을 다시 잃어가고 있었다.

"정은아 눈 떠!! 잠들면 안돼"

재령의 외침에 정은은 힘겹게 다시 눈을 떴다.

"재령씨 차 키 있죠?"

"네 여기.."

재령은 가방에 있던 차 키를 그에게 건넸다.

잠시 후 구급차가 도착했고, 정은을 태우고 병원으로 내달렸다.

"재령씨 타요!"

그는 재령의 차에 시동을 걸고 그녀에게 외쳤다.

그녀가 차에 타자 그는 급하게 차를 출발 시켰다.

"야 저 둘 못 가게 잡아!!"

김 반장이 입구를 지키고 있던 형사들에게 외쳤지만 그와 그녀가 탄 차는 이미 골목을 돌아 큰길로 나가고 있었다.

"쫓을까요?"

머쓱해진 형사 하나가 김 반장에게 물었다.

"됐어.."

김 반장은 그의 말을 듣고 건물 안에 들어가 건물을 샅샅이 뒤졌지만 괴한 둘의 모습을 찾을 수가 없었다.

정은이 흘린 혈흔과 피가 묻어있는 소화기 그리고 총알에 구멍이 뚫려 버린 슬리퍼가 단서가 될 만한 전부였다.

"요즘 계속 왜 이러는 거야.... 하.... 이 새끼들 내가 다 죽여 버리겠어.."

경찰 둘이 사망하고, 아끼던 후배가 죽을 뻔 했던 현장에서 김 반장은 이를 갈았다.

그 때 김 반장의 전화 벨소리가 울렸다.

"거기 상황은 어때?"

대림동 친구 경찰의 전화였다.

"하.... 무슨 일이야?"

김 반장은 차마 상황을 말할 수가 없었다.

"CCTV 영상 확인됐어! 한강 근처에서 이놈들 죽인 녀석도 CCTV 에 잡혔는데 인상착의가 동일인으로 거의 일치해 사진 보내 줄게"

잠시 뒤 김 반장의 핸드폰으로 전송 된 사진을 확인하며 김 반장의 눈이 놀람으로 커졌다.

김 반장의 핸드폰에는 그의 얼굴 사진이 전송 되었다.

20화 (타겟)

"어디로 가는 거예요?"

재령이 그에게 물었다.

"어디든 안전한 곳으로요"

"그게 어딘데.."

그녀는 자신에게 일어난 상황이 도무지 이해를 할 수가 없었다.

어디서부터 잘못 된 것인지, 무엇 때문에 자꾸 자신에게 이런 일이 생기는 것인지 전혀 갈피를 잡을 수가 없었다.

"지금부터 내가 하는 말 잘 들어요."

잠시 고민을 하던 그가 다시 말을 이었다.

"재령씨가 타겟이에요"

"타겟? 무슨 말이에요 그게?"

그녀로서는 도무지 이해 할 수 없는 말에 그녀가 되물었다.

"내가 무슨 말을 하든지 놀라지 말고 들어 줬으면 좋겠어요."

그의 말에 그녀는 말없이 고개를 끄덕였다.

"사실 난... 재령씨를 제거하라는 의뢰를 받았던 사람이에요"

"뭘 받아요? 의뢰?"

재령은 그녀의 귀로 들은 말이 믿기지 않았다.

"믿기 어렵겠지만.. 사실이에요.. 난 재령씨를 죽이라는 오더를 받았고.. 실제로 그러려 했지만.. 그렇게 하지 못했어요."

"하!! 그러니까... 그쪽이...뭐 킬러 그런 거다?"

그녀의 머릿속은 복잡해져만 갔다.

그도 그럴 것이 지금까지 이 사람이 자기를 죽이려 했던 킬러였으나 그녀는 그를 생명의 은인으로 알았다.

"그래서 요즘 자꾸 내 주변에..."

그녀의 말에 그가 대답을 했다.

"칼 든 괴한을 만난 날은 나도 재령씨를 쫓은 날이지만, 그렇다고 재령씨를 해치거나 뭘 하려고 쫓은 것은 아니었어요. 지켜 주려 했던 거지.. 그리고 막걸리 집은 나도 진짜 그 집 단골이에요. 그건 우연이었어요."

"그래서 우연히 만나 날 업고 그 고생을 했다?"

그녀의 말에 그가 대꾸하듯 말했다.

"그럼 그냥 버리고 갑니까?"

"그럼 나 왜 안 죽인 거예요?"

그녀가 단도직입적으로 물었다.

"안 죽인 게 아니라 못 죽인 거예요.. 그럴 수가 없었어.."

"그러니까 왜?"

다소 격양 된 목소리의 그녀가 그에게 따지듯 말했다.

"나도 몰라요! 방아쇠를 당기려 할 때 내 심장이 날 방해 했어요.. 그 뒤로는... 그냥 죽이기 싫었고, 살려주고 싶었고.. 지켜주고 싶었으니까"

그의 말에 그녀는 더 묻지 않았다.

생각해 보니 그는 그의 말대로 지금까지 계속 그녀를 도와줬고 지켜 줬다.

길에서 괴한을 만났을 때도, 술에 취했을 때도, 그리고 오늘 그녀의 집에 괴한이 쳐들어 왔을 때도... 그가 도와주지 않았다면 자신은 어떻게 됐을까? 과연 살아남을 수 있었을까? 그럴 수 없었을 거라 생각이 들었다.

"그 생각 여전한 거예요?"

한참을 말없이 생각에 잠겼던 그녀가 그에게 물었다.

"어떤 생각이요?"

"나 지켜주고 싶다는 생각"

그는 그녀를 바라보며 대답했다.

"내가 어떻게 해서든 지켜 줄게요. 나도 이젠 돌아 올 수 없는 다리를 건넜어요."

"믿을 수도 없고 납득도 안 되는 상황인데.. 이제는 그쪽이 내가 유일하게 의지 할 사람이네요. 그래도 고맙다는 말은 지금은 안하고 싶네요."

그 때 재령의 핸드폰으로 전화가 왔다. 김영제 반장이었다.

"아 네 반장님"

"나재령씨 내가 하는 말 잘 들어요. 같이 있는 그 놈 살인 용의자예요. 재령씨 지금 위험해요."

그녀가 그의 얼굴을 살짝 쳐다보았다.

그는 그녀를 향해 고개를 살짝 끄덕여 보였다.

"그 사람 지금 같이 없어요."

"같이 없다고요? 그게 무슨 말이에요?"

당황한 김 반장의 목소리가 조금씩 올라갔다.

"그냥 보내주던데요.

"보내줘요? 그럼 그 놈은 어디 갔는데요? 그 놈이 이 사건의.."

재령이 힘들다는 듯이 김 반장의 말을 잘랐다.

"반장님 저 지금 너무 힘들어요... 제발... 그만 끊을게요."

"나재령씨!!"

그녀를 부르는 목소리를 무시한 채 그녀는 통화종료 버튼을 눌렀다.

"정은이는 무사하겠죠?"

그녀는 이제 정은에 대한 걱정이 몰려왔다.

"괜찮을 거예요. 걱정하지 말아요."

그녀는 묶여 있던 헤어밴드를 풀어 손에 쥐었다.

그녀의 손엔 정은의 피가 묻은 채로 말라 있었다.

"정은이가 생일 선물로 준 거예요...... 내일이 내 생일이거든요"

눈물이 나오려는 것을 그녀는 간신히 삼켰다.

"아... 생일... 아무리 상황이 이래도 축하는 해줘야겠죠? 생일 미리 축하해요"

"축하란 말이 이렇게 쓰게 들리기는 처음이네... 내일 남자친구가 반지를 선물 해 준다고 했는데... 받을 수 없겠죠? 너무 끼고 싶었는데... 뭔가 소속 된 느낌이 들 것 같거든요... 안정감이랄까... 그런 것을 기대 했었는데..."

그는 무슨 말을 해야 할지 생각이 나지 않았다. 너무나도 큰일이 그녀에게 일어나고 있었고, 이 모든 일이 자신 때문에 벌어진 일인 것 같은 생각에 미안한 마음이 몰려

왔다.

"내일 받을 수 있을지 없을지는 모르겠지만, 꼭 이 일이 정리 되면 그렇게 하실 수 있을 거예요. 마음 단단히 먹고, 재령씨 힘들게 하는 그 놈들이랑 맞서서 꼭 이겨내요... 내가... 그럴 수 있게 해줄 테니..."

그녀를 위험에 빠뜨린 자신에 대한 분노일까.. 아니면 그녀를 이 상황 속으로 밀어 넣은 그들에 대한 분노 일까... 그의 눈에 알 수 없는 분노가 일렁였다. 그리고 마음속으로 다짐했다.

'당신 힘들게 하는 놈들... 이제 내가 다 죽입니다..'

21화 (생일)

정은은 병원에 도착하자마자 곧바로 긴급 수술에 들어갔다.

복부에 꽂혀 있던 칼을 뽑아내고, 출혈이 심했기에 긴급 수혈을 받았다. 수술은 꽤 긴 시간 동안 진행 됐다.

그 사이 병원에 도착한 김영제 반장은 초조한 마음으로 수술이 끝나기만을 기다렸다.

얼마나 지났을까... 수술실 문이 열리고 집도의가 밖으로 나왔다.

김 반장은 집도의에게 달려가 경과를 물었다.

"다행히 수술은 잘 끝났습니다. 장기 손상 정도도 경미한 상태이나, 출혈이 심해서 회복하는 경과를 봐야 할 것 같아요. 복부에 꽂혀 있던 칼을 뽑지 않은 것이 천만 다행이었어요. 무리하게 칼을 뽑아서 출혈이 조금이라도 더 있었다면, 큰일이 날 뻔 했습니다."

김 반장은 순간 출혈 때문에 칼을 뽑지 않았다는 그의 말을 기억하며, 혼잣말을 읊조렸다.

"너 이 새끼... 나쁜 놈이야? 착한 놈이야?"

"난 나쁜 놈입니다..."

고해성사를 하듯 그가 재령에게 말을 했다.

"그 동안 이 손에 너무 많은 피를 묻혔어요."

그의 말을 그녀는 아무 말 없이 듣고 있었다.

"그 동안 수많은 사람들을 죽이며, 그 어떤 슬픔이나, 감정이 느껴지지 않았어요. 그저 기계 같았죠. 내 심장은 죽은 심장 같았어요.. 그런데 재령씨를 본 순간... 내 심장이 살아서 뛴 다는 것을 느꼈어요... 그래서 재령씨는 나에게 생명의 은인 같은 존재예요. 내가 아직 살아 있다는 것을 느끼게 해줬으니까.."

그의 눈에서 눈물 한 방울이 흐르려 하고 있었다.

"울지 마요.. 나 달래주는 거 잘 못해요"

"누가 울었다고 그래요~ 난 울지 않아요."

"그럼 그건 눈물이 아니고 콧물인가요?"

무안해진 그가 도로 옆으로 차를 세웠다.

"배고프지 않아요? 저기 편의점 가서 뭐 좀 사가지고 올게요."

"저기!"

근처 편의점으로 들어가려던 그를 그녀가 다시 불러 세웠다.

"오예스도 하나만.. 힘든 시간을 보냈더니 단 게 먹고 싶네요.."

알았다는 말과 함께 그는 편의점으로 서둘러 들어갔다.

얼마 지나지 않아 그는 편의점에서 사온 요깃거리들을 차 뒷좌석에 싣고, 그녀에게 오예스 한 상자를 건네주었다.

"잘 먹을게요"

"아 그리고 이거"

그는 편의점에서 버튼을 누르면 반짝반짝 빛이 나오는 장난감 반지 사탕을 그녀에게 내밀었다.

"남자친구한테 받는 반지만큼 로맨틱 하지도, 그리고 지금 이 상황이 그만큼 또 로맨틱을 즐길 만 하지도 않지만, 그래도... 생일 축하해요. 지금은 내가 이거 밖에 못 해주네요.."

마침 시간이 자정을 막 지나고 있었다.

"당신 나쁜 사람 아닌 것 같아... 착한 사람인 것 같아..."

그녀의 말에 그가 대답했다.

"재령씨 당신한테만..."

그와 그녀가 탄 차는 마포의 어느 한 호텔로 향했다.

그는 방을 두 개를 잡았고, 그녀를 잠시 쉬고 있으라 한 그는 필요한 물건들을 구하러 밖으로 나갔다.

피곤했던 그녀는 깜빡 잠이 들었다.

새벽 무렵 그녀의 핸드폰으로 문자가 하나 수신 됐다.

　- 김 경장 수술 잘 끝났어요. 회복만 잘 하면 된다고 하네요. 나중에 그 놈 보게

되면 고맙다는 말 전해 주세요. 덕분에 김 경장 살았습니다.

김 반장의 문자였다. 내심 걱정하고 있을 그녀에 대한 김 반장의 배려였다.

그는 아침 일찍 그녀의 방으로 왔다.

자고 있을 거라 생각했던 그는 침대에 앉아 울고 있었다.

새벽에 온 김 반장의 문자를 일어나 확인한 뒤 흐르는 안도와 미안함의 눈물이었지만 이를 알 리 없는 그가 깜짝 놀라 그녀에게 물었다.

"무슨 일이에요?"

"정은이 무사하대요."

그 말에 그도 이제야 마음이 놓이는 것 같았다. 내심 그래도 걱정이 되던 그였다.

"다행이네요.. 정말 다행이에요"

그 동안 마음이 계속 불안했던 그녀는 터져 나오는 울음을 참지 못했다.

그는 그런 그녀가 마음껏 울 수 있게 밖으로 나가 자리를 비켜 주었다.

문 밖으로 들리는 그녀의 서글픈 울음소리를 그는 묵묵히 듣고 서 있었다.

22화 (출근)

"그런데 나 회사는 어떻게 하죠?"

월요일 아침이 밝았다. 회사원인 그녀는 어쩔 수 없이 출근이 걱정이었다.

"가지 않으면 좋겠는데.."

그는 만약 그녀가 회사를 가게 되면 가까운 거리에서 그녀를 지킬 수 없어 불안할 수 밖에 없었다. 분명 놈들이 회사로 찾아 올 것이 뻔했다.

"그래도 내가 안 가면 여러 직원들이 곤란해 질 텐데"

다른 사람에게 피해가 되는 행동은 절대 하지 않는 그녀였다.

"하.. 뭐지.. 이런 상황에서도 다른 사람 걱정하는 거예요?"

"신경이 쓰이는 걸..."

그는 그녀를 이대로 회사도 못 가게 하면 안 될 것 같은 느낌이 들었다

"정말.. 이 정도로 남 걱정하는 수준이면.. 천사 아니에요?"

그는 정말 그녀의 등에 날개라도 있는 것이 아닌가? 확인하고 싶은 마음이었다.

그녀는 그와 같이 회사에 가는 걸로 결국 합의를 했다.

그는 그녀 회사 근처에서 언제든 달려갈 수 있도록 준비를 했다.

"자 이거 받아요.."

지난 새벽 그는 집에 들러 필요한 물건들을 챙겨왔다.

그 중에는 무기도 상당히 포함되어 있었다.

가져온 무기 중에서 작은 권총 하나를 챙겨 그녀에게 쥐어 주었다.

"나 이거 쓸 줄 몰라요"

"어려울 거 없어요. 그냥 여기 이 방아쇠를 당기기만 하면 돼요. 총알도 다 채워져 있고, 장전도 되어 있으니 대신 조심해서 다뤄요"

그는 손가락으로 방아쇠를 가리키며 말을 이었다.

"방아쇠를 당길 때는 절대 주저 하지 말아요.. 주저하는 순간 당신이 위험해져.. "

그녀는 자신 없다는 표정이었지만 그저 말없이 고개를 끄덕였다.

"부디 재령씨가 이 총을 쓰는 일이 없었으면 좋겠네요.. 재령씨가 이 총을 쓴다는 뜻은

내가 당신을 못 지켜주고 있다는 뜻일 테니"

"그렇겠네요.. 제발 그럴 일이 없었으면 좋겠어요."

그녀는 가방에 총을 넣으려 하다가 문득 그가 가방을 챙기란 말이 떠올랐다.

"그런데 어제 가방은 왜 챙기라고 한 거예요? 이 총 넣으려고 한 것은 아닐 텐데"

"아!! 그거!!"

그도 깜빡 잊었다는 듯이 말을 이었다.

"재령씨 가방 좀 쏟아봐요."

그의 추측으로는 USB의 행방은 그녀가 최초로 WAK 그룹 이 회장의 아들을 본 날로 거슬러 올라간다.

이 회장 아들이 차로 들이 받은 그 사람이 아마 문제의 USB를 가지고 있었을 가능성이 가능 높았다. 그리고 구급차에 납치되기 전 마지막으로 그 사람을 본 사람이 재령, 바로 그녀다.

그녀가 쓰러져 있던 그를 흔들어 깨우려 할 때 잠깐 의식이 돌아왔던 그 사람이 지푸라기라도 잡는 심정으로 그녀가 바닥에 내려놓은 그녀의 가방에 USB를 넣었을 것이고, 그 사람을 납치한 이 회장 아들은 그 사람의 몸 전체를 다 뒤졌지만 USB는 못 찾았다는 결론이 섰다.

잠시 뒤 그녀가 가방을 뒤집자.. 참 많은 물건들이 나왔다.

화장품, 화장품, 화장품, 화장품, 그리고 화장품

"이걸 다 들고 다니는 겁니까?"

그는 의외로 많은 물건이 나오는 그녀의 가방이 신기했다. 마치 내 친구 보거스에 나오는 보거스의 주머니 같았다.

"아.. 나는 화장을 그렇게 많이 하는 편은 아닌데....이 정도는 많지 않은 거라고요"

머쓱해진 그녀가 마지막으로 가방을 탈탈 털었다.

　　- 툭!

바닥으로 USB 하나가 떨어졌다.

"저거 혹시 재령씨꺼 에요?"

"아뇨, 내 꺼 아닌데..."

그의 추측이 맞았다.

"이건 그럼 내가 가지고 있을게요. 내 생각에는 이 모든 사단이 이 USB 때문에 일어난 것 같아요."

"네 그러는 게 좋겠네요. 도대체 안에 뭐가 들어 있길래.."

그녀는 쏟아낸 물건들을 다시 가방에 넣고 그가 준 권총도 가방에 조심해서 넣었다.

"이제 출근 하시죠~"

그녀는 그와 함께 여의도로 향했다.

23화 (휴가)

그녀를 출근 시킨 뒤 그는 그녀의 회사 근처 PC방으로 향했다.

USB 안에 담긴 내용을 확인하기 위해서였다.

출근 시간이라 그런지 PC방에는 아르바이트를 하는 직원을 제외하고는 아무도 없었다.

그는 제일 구석에 자리를 잡고 컴퓨터에 USB를 꽂았다. 하지만 USB는 암호로 잠겨있어 열어 볼 수가 없었다.

허탈해진 그가 PC방을 나와 어딘가에 전화를 걸었다.

"지금 여의도로 와줘야겠어.. 전달할 물건이 있는데 좀 열어 줘야 할 것 같아"

그가 전화를 건 사람은 해킹 전문가로 그가 컴퓨터 관련 된 도움이 필요할 때 마다 종종 도움을 주던 동생이다.

위험도와 난이도에 따라 지불해야 할 금액이 올라갔지만 믿고 맡길 만큼 일 처리는 정확했다.

그는 지하철 역 안에 있는 보관함에 USB 를 넣고 해당 보관함의 번호와 비밀번호를 문자로 전달했다.

얼마 지나지 않아 물건을 찾아 간다는 문자를 받았다.

이제 USB 의 내용을 확인 하는 일은 추후로 미뤄두고 그는 다시 재령의 회사 건물로 향했다

"좋은 아침 입니다"

핼쑥해진 모습에 화장도 제대로 하지 못했고, 피곤에 찌든 얼굴로 출근하는 그녀의 모습에 다들 놀란 모습이었다.

"과장님 주말 내내 뭘 하신 거예요 얼굴이 왜 이렇게 상했어요?"

옆자리에 있는 아래 직원이 그녀를 보고 걱정이 된 듯 물었다.

"조금.. 믿기 힘든 일들이 많았어.."

힘없이 대답하는 그녀에게 그녀의 팀장이 다가와 한 마디 던졌다.

"또 주말 내내 술 마신 거야? 괜히 팀원들 고생시키지 않게 컨디션 조절 잘 해!!"

그녀는 그런 팀장의 말이 너무 야속했다.

영화 속 대사가 떠올랐다.

    - 싸늘하다. 비수가 날아와 꽂힌다.

'이 빌어먹을 회사 내가....확!!'

턱 밑까지 솟구쳐 오르는 퇴사의 충동을 간신히 그녀는 억눌렀다.

그녀는 올라오는 화를 식히려 세면장으로 갔다.

"아휴... 이거 피부 다 일어난 거 봐..."

푸석푸석해진 얼굴을 보니 그녀의 기분이 더 가라앉았다.

그는 다시 그녀의 회사 건물 아래에 자리를 잡았다.

그 때 검은색 차량이 그녀의 건물 입구에 멈춰 섰고, 차에서는 두 명의 남자가 내렸다.

그 중 한 남자는 동양인이었으나 한국 사람인지 아닌지는 구분이 어려웠고, 그리고 다른 한 남자는 그에겐 구면이었다.

어제 그녀의 집에 침입해서 슬리퍼를 명중시킨 그 놈이었다. 그는 놈의 회복력에 새삼 감탄을 했다. 분명 어제 자신과 싸우면서 놈의 가지고 있던 칼을 빼앗아 찌르기 까지 했다. 그 때문에 그가 피를 뒤집어쓰고 나타나 그녀를 놀래게 만들었다. 칼에 찔린 놈을 주먹으로 때려 기절 시킨 후 그녀와 정은을 데리고 나왔는데, 지금 놈이 눈앞에 다시 나타났다. 그것도 저렇게 멀쩡한 모습으로. 그렇다면 적어도 김영제 반장이 이놈을 어제 잡지 못했던 것이다.

    - 똑! 똑!

남자 둘은 그녀의 회사 사무실 문을 두드렸다.

문이 열리고 그 둘은 사무실 안으로 들어가 그녀의 행방을 물었다.

"아..아마 화장실 간 것 같은데..."

눈치 없는 그녀의 팀장이 그녀의 위치를 놈들에게 알려줬다.

어제 그 놈이 옷 속에 숨겨 두었던 칼을 뽑아 들었다. 순간 사무실 안에 있는 사람들은 그 모습을 보고 술렁였지만 어느 하나 그들을 제지 할 생각을 못했다.

놈들 중 동양인은 사무실 안에 있는 사람들이 보라는 듯 총을 꺼내며 말했다.

"경찰 부를 생각은 하지 마.."

어색한 한국말로 사람들에게 경고를 한 후, 본인은 사무실 밖으로 나가 화장실과 엘리베이터가 보이는 입구 쪽에서 총을 들고 경계를 섰다.

그녀는 아직 화장실에 있었다.

    - 뚜벅! 뚜벅!

무거운 발소리가 들려 왔다. 그녀는 직감적으로 몸을 피해 첫 번째 칸으로 들어가 문을 잠갔다.

"I know you are here.."

남자의 목소리에 그녀는 온몸에 소름이 돋았고, 두려움이 엄습해 왔다.

그는 계단으로 뛰어 올라갔다. 그녀의 사무실을 4층에 있었고, 비상구 문을 소리 없이 열어 보니 사무실 앞에 아까 봤던 그 동양인 남자가 총을 들고 서 있는 것이 보였다.

그는 재빨리 그 동양인 남자에게 달려들었다. 하지만 남자의 반응도 나름 빨랐다.

    - 착! 착!

소음기가 달려 있는 총에서 총알이 발사 됐다.

한 발은 빗나갔고, 다른 한 발은 그의 팔을 스쳤다.

    - 와장창!!

팔을 스친 총알에 대한 고통을 느낄 새도 없이 그는 온 몸으로 남자를 덮쳤다.

그 둘이 쓰러지며 사무실 입구 유리문이 박살이 났다.

그는 남자의 손에 들고 있던 총을 발로 차 놓치게 한 후 얼굴을 주먹으로 내리쳤다.

남자도 뒤지지 않고 그를 발로 차 떼어 놓았다.

넘어졌던 그가 다시 일어나는 순간 남자는 가지고 있던 칼을 뽑아 들며, 입 주위에 흐르는 피를 훔쳐 냈다.

"제법 하는 군.."

남자는 비릿한 미소를 지으며 그에게 달려들었다.

재령은 화장실 첫 번째 칸에서 온몸을 사시나무 떨듯이 떨고 있었다.

진작 그의 말을 들을 걸 그랬다고 후회도 됐다.

그 순간 밖에서는 유리가 부서지는 소리도 들려왔다.

　　- 뚜벅, 뚜벅

발소리가 점점 가까워져 왔다.

화장실 안에는 그녀가 숨어있는 첫 번째 칸만 문이 닫혀 있었던 터라 남자는 그녀가 그 곳에 숨어 있을 거라고 확신을 했다.

"Just give me the USB, then I am not gonna hurt you"

남자는 USB 만 내놓으면 해치지 않겠다는 거짓말로 그녀를 불러냈다.

그래도 문이 열리지 않자 남자는 문 틈 사이로 칼을 밀어 넣었다.

칼로 잠금 장치를 들어 올려 문을 열려는 생각이었다.

바닥에 쓰러진 그의 위로 동양인 남자가 올라타 칼로 그를 찌르려 하고 있었다.

그는 팔로 있는 힘껏 남자의 팔을 막아 칼을 더 내리지 못하게 밀어 냈다.

순간적으로 몸을 비틀어 그는 다리로 남자의 목을 감았다.

그는 그대로 남자를 뒤로 넘어뜨렸고, 다시 그가 남자의 위에 올라 탄 상황이 됐다.

칼을 들고 있는 남자의 손을 그대로 잡아 힘으로 남자의 목에 칼을 꽂아 넣었다.

남자의 몸에 힘이 빠지는 것이 보였고, 그는 그대로 꽂혀 있던 칼을 잡아 뺐다.

칼이 빠진 목에서 엄청난 양의 피가 뿜어져 나왔고, 남자는 그대로 숨이 끊어졌다.

"재령씨!!"

한 놈을 처치하고 그가 소리치자 그녀도 소리쳤다

"여기!!"

그가 소리가 들린 화장실로 뛰어 들어가자 기다렸다는 듯이 남자는 안으로 들어오는 그의 가슴을 발로 찼다.

그는 예상치 못한 공격에 휘청거리며, 세면대 거울에 몸을 부딪쳤다.

"콜록!"

가슴을 맞은 그가 기침을 했다.

"Let's see the end"

"이 새끼가 뭐라는 거야!"

소리를 친 그가 남자에게 달려들었다.

한동안 그 둘은 서로 주먹을 주고받으며, 난투극을 벌였다.

상황을 보지 못하고 있는 그녀는 안에서 제발 그가 무사하기 만을 바랬다.

화장실 안의 물건들이 깨지는 소리, 그리고, 깨진 거울이 또 다시 깨지는 소리, 벽에 부딪히는 소리.. 몸과 몸이 부딪히는 소리, 둔탁하게 부딪히는 소리, 칼에 베이는 소리, 그리고 잠시 뒤 남자의 입에서 나오는 여러 번의 신음소리를 끝으로 소란은 잠잠해졌다.

"하....하....하..... "

그의 가쁜 숨소리가 들려 왔다.

"재령씨.... 이제 나와도 되요 하...하...."

조용히 문을 열고 나온 그녀는 눈앞의 처참한 광경에 아무 말도 하지 못했다.

그는 온 몸에서 피를 흘리며 처참히 죽어있는 남자를 보지 못하게 재령의 눈을 가렸다.

"보지 말고 어서 나가요"

사무실 입구에 쓰러져 있는 남자도 그녀가 보지 못하게 눈을 가린 채로 그녀의 사무실 안으로 들어갔다.

"어서 가방이랑 챙겨서 나가죠."

그의 말에 그녀는 자리로 가서 그녀의 소지품들을 챙겼다.

"재령씨가 지금 상당히 위험한 상황에 처해 있습니다. 제가 오늘 회사에 나오는 것도 극구 반대했는데, 동료 직원 분들께 피해를 끼치는 것이 미안해서 무리해서 출근을 하게 되었습니다. 비록 상황이 이렇게 안타깝게 되어 버렸지만, 재령씨 마음만은 알아 주셨으면 합니다."

그는 사무실에서 벌어진 상황에 놀라 아무것도 하지 못하고 있는 직원들을 향해 이야기 했다.

"상황이 정리 될 때까지 재령씨는 당분간은 출근이 어려울 것 같은데 양해를 부탁드리겠습니다."

사무실의 그 누구도 그의 말에 반대 하지 않았다.

"그럼 다들 이해하신 것으로 알고 있겠습니다. 그리고 경찰에 신고는 하셨죠?"

사무실의 직원들은 서로 눈만 깜박거렸다.

경찰에 신고하지 말란 말에 정말 아무도 신고하지 않았다..

그는 서둘러 그녀를 데리고 건물을 빠져 나왔다. 그리고 차를 타고 무작정 달렸다.

이 둘의 기분을 아는지 모르는지 날씨는 한없이 좋기만 했다.

24화 (바다)

재령은 그의 오른쪽 팔에서 흐르는 피를 보고 물었다.

"괜찮은 거예요? 피 나는데..."

"괜찮아요. 스쳤을 뿐이에요"

그녀는 가방에서 손수건을 꺼내 그의 팔에 묶어 주었다.

"나도 선물 받았네요."

그는 그녀를 보며 미소를 지었다.

그는 계속해서 동쪽으로 차를 몰았다.

어느 정도 시간이 지나자 다소 긴장이 풀어진 그녀는 잠이 들었다.

그녀가 잠이 들자 그의 표정이 어둡게 내려앉았다. 언제까지 이렇게 도망치면서 지낼 수는 없을 것이고, 그리고 앞으로 마냥 자신이 그녀 곁에서 지켜 줄 수도 없을 것이라 앞으로 어떻게 해야 할지 생각이 나지 않았다.

하지만 지금은 우선 그녀의 기분을 환기 시켜 줄 필요가 있을 것 같았다.

그렇게 한참을 달린 차가 멈춰 섰고, 곤히 잠든 그녀를 그는 말없이 지켜봤다.

그녀의 잠든 모습이 그에게는 너무도 예뻐 보였다.

그는 잠든 그녀 모습을 조용히 사진으로 남겼다.

아마 매일 보게 될 것 같았다.

잠에서 깨어난 그녀의 눈에 가장 먼저 들어 온 것은 눈앞에 펼쳐진 푸른 바다였다.

그는 그녀가 잠든 사이 동쪽으로 달려 강릉까지 왔다.

경포대의 푸른 동해 바다는 그 동안 지친 그녀의 몸과 마음을 위로 하는 듯 했다.

차창 밖으로 그가 해변 모래사장에 무언가 끄적이는 것이 보였다.

금새 다 썼는지 깨어난 그녀를 향해 이리 오라며 손짓했다.

차에서 내린 그녀는 바닥에 쓰인 글씨를 보았다.

    - 재령아 생일 축하해

"이건..."

그녀가 조금은 감동을 받았을 것을 기대했던 그의 마음과는 달리

"반말이잖아!!"

"아..... 그.... 그쵸? 생...생일.. 생신... 축하 합니다...."

당황하며 모래 위의 글씨를 지우려던 그를 그녀가 잡았다.

"고마워~"

"어! 말 놨다... 말 놓으니까 더 좋네."

그녀는 이 시간에 밖에 나와 바다를 보고 있다는 것만으로도 가슴이 뚫리는 기분이었다.

비록 며칠 동안 불안과 미안함에 빠져 있었지만 지금 이 순간만큼은 이 상쾌함을 만끽했다.

"너무 좋다"

그녀의 좋다는 말 한마디에 그 역시도 오늘의 수고들이 모두 보상 받는 기분이었다.

"여기로 올 생각은 어떻게 했어"

"그냥... 보여주고 싶었어."

 바다를 바라보고 있는 그 둘의 등 뒤로 해가 어느덧 지고 있었다.

  - 지이이잉

그의 핸드폰 진동이 울렸다. 오전에 USB를 부탁했던 해커였다.

"형! USB 내용 확인 했는데요.. 내용이 거의 핵폭탄 급인데요?"

"나한테 전송해주고, 캐낼 만한 뭔가가 있으면 다 찾아내"

잠시 후 전송 된 USB 안의 내용물은 그야말로 엄청난 내용이었다.

WAK 그룹의 배임과 횡령 그리고 청부 살인에 대한 내용까지, 그 동안 저질러 왔던 만행들을 모두 폭로하는 내용들이 방대한 양의 증거와 함께 저장 되어있었다.

왜 그토록 그녀를 쫓아 지금의 상황까지 만들어야 했을지 이해가 됐다.

이 내용들이 세상에 밝혀지게 된다면, 아마 WAK 그룹 총수들은 모두 감옥에 가게 될 것이고 그 죄의 대가는 엄청 날 것이다. 그리고 WAK 그룹의 존폐 여부도 장담 하지

못 할 수 있다.

- 지이이잉, 지이이잉

이번엔 그녀의 핸드폰이 울렸다.

"응.. 미안해 내가 일이 생겨서... 나중에 다 말해 줄게.. 정말 미안해"

그녀의 남자친구였다. 오늘이 그녀의 생일이었으니 당연히 만날 약속을 했었지만, 상황이 상황이었다. 정신이 하나도 없는 하루를 보낸 그녀는 남자친구와의 약속을 취소하는 것도 깜빡 했다.

연신 미안하다고 말하는 그녀의 모습이 안쓰러워 보였다.

통화를 마치고 힘없는 얼굴로 바다를 바라보고 있는 그녀를 그는 그저 바라만 보았다.

이 순간 아무것도 해줄 수 없는 자신의 모습과, 그녀에게 해 줄 수 있는 말이 아무것도 떠오르지 않아 가슴이 너무 답답했다.

- 펑! 펑!

갑자기 무엇인가 터지는 소리에 그 둘은 본능적으로 몸을 숙였다.

하지만 그 소리는 바닷가 근처에서 폭죽이 터지는 소리였다.

그 동안 많은 위험한 일들을 겪으며 무의식적으로 나온 행동이었다. 둘은 무안한 기색이 역력했지만 이내 새어 나오는 웃음을 참지 못하고 크게 웃어 버렸다.

폭죽은 마치 그녀의 생일을 축하해 주듯이 꽤 오랜 시간 밤하늘을 예쁘게 장식했다.

25화 (일출)

정은은 힘겹게 눈을 떴다. 아무도 없는 방 안에는 그녀만 혼자 덩그러니 침대에 누워 있었다.

머리 위로 공중에 매달려 한 방울씩 떨어지는 링거 주사액이 자신이 병원에 누워 있다는 사실을 알게 해줬다.

수술실에 들어가기 직전까지 정은은 거의 의식이 없었다. 그렇게 세상과 이별하는 줄로만 알았다.

그 때 문이 열리며 김영제 반장이 방 안으로 들어 왔다.

"정신이 이제 좀 들어?"

김 반장은 작게 안도의 한숨을 쉬며 정은에게 말했다.

"제가 혹시 얼마나 누워 있었나요..."

"글쎄... 거의 한 30시간쯤?"

정은은 너무 오래 누워 있었다는 생각에 한숨이 나왔다.

"혹시 나재령씨는 어떻게 됐습니까?"

"눈 뜨자마자 그 이야기야? 김 경장은 할 만큼 했어 너무 자책하지 마"

김 반장은 정은이 경호 임무에 실패한 것을 자책하는 거라 생각했다. 하지만 정은은 진짜 재령이 걱정되어 한 말이었다.

"그 놈 덕분에 김 경장 살았어..."

정은은 머릿속으로 그를 떠올렸다. 의식을 잃어가던 순간 그가 나타나지 않았다면... 생각만 해도 끔찍했다.

"그런데 그 놈이.. 대림동 살인 사건 용의자야...."

그 말을 들은 정은의 눈이 커졌다.

"그럼... 지금 재령씨는... 그 사람이랑 같이 있는 겁니까?"

"글쎄... 마지막으로 통화 했을 때는 자기만 혼자 보내줬다고 했는데... 거짓말이었겠지, 같이 있다고 봐야지..."

하지만 정은은 내심 그가 재령을 적어도 해치진 않을 것이라고 믿었다.

"오늘 낮에 재령씨 회사가 발칵 뒤집어졌어.."

"설마?"

김 반장의 말에 정은은 그녀가 출근을 했다는 생각에 기가 막힐 지경이었다.

"그 와중에도 출근을 했더군.. 참.. 대단한 사람이야.. 나재령씨.."

"남 피해주는 일은 절대 안 할 테니까요.."

누가 천사 아니랄 까봐 어찌도 그리 무모한 사람인지 정은의 머리가 다시 어지러워 왔다.

"그런데 재령씨 회사로 놈들이 쳐들어 왔고... 또 두 놈이 죽었어.."

"나재령씨 옆에 그 사람이 있었군요."

김 반장이 말없이 고개를 끄덕였다. 정은은 그가 계속 그녀를 지켜주고 있다는 사실이 내심 고마웠고, 자신도 빨리 그녀를 도우러 달려가고 싶었다.

"그래서 그 사람 어떻게 하실 생각이세요?"

정은이 김 반장에게 그를 어떻게 할 생각인지 물었다.

"어떻게 하기는.. 빨리 잡아야지.. 그래도 살인 용의자야.."

정은도 김 반장도 그 날 밤은 생각이 많은 밤이었다.

이른 아침 재령은 차에서 자고 있는 그를 깨웠다.

휴가철 성수기라 강릉에는 비어있는 숙소가 없었다.

다행히 하나 남은 방을 찾았고 그는 재령을 그 방에서 쉬게 하고 자신은 차에서 잠이 들었다.

　　　- 똑! 똑!

재령이 창문에 노크를 했다.

살짝 눈을 뜬 그가 재령을 보고는 배시시 웃었다. 그녀의 얼굴만 봐도 그는 기분이 좋아졌다. 아침부터 그녀 얼굴을 보니 마음이 정화 되는 기분이 들었다.

"나와~ 해 뜨는 거 보러 가자"

평소 자주 올 수 없는 동해 바다에 왔으니 바다 위로 해가 떠오르는 장관을 놓칠 수 없었다.

다행스럽게 날씨도 구름 한 점 없이 맑았다.

그는 차에서 나와 그녀와 바닷가를 걸었다. 그는 잠시 그냥 이대로 서울에 가지 말까 생각했다. 그녀와 걷는 이 순간이 마냥 좋았다.

"잘 잤어?"

그가 재령에게 물었다.

"아니.. 잘 못 잤어."

"왜..."

"생각이 너무 많았어..."

그녀의 말에 그는 다시 한 번 이 일을 빨리 정리 해야겠다고 생각했다. 그녀를 위해서 그렇게 해야만 했다.

하루라도 빨리 그녀의 일상으로 돌아가게 해 주어야 했다.

"해 뜬다!"

그녀의 말에 잠시 생각에 잠겼던 그가 바다를 바라보았다.

빨간 해가 서서히 모습을 드러내기 시작하고 있었다.

"소원 빌까?"

그의 말에 그녀가 고개를 끄덕였다.

둘은 해가 다 떠오를 때까지 그렇게 바다를 바라보았다.

"무슨 소원 빌었어?"

그녀의 물음에 그는 그저 흔한 모든 사람들이 빌 만한 소원으로 대답을 했다.

하지만 그가 빌었던 진짜 소원은 이랬다.

'재령이 빨리 일상으로 돌아가서 행복하게 해달라고.. 네가 언제나 웃을 수 있게 해달라고.. 그게 내 소원이야'

26화 (순간)

경찰 정복을 입고 정은은 휠체어를 타고 병원을 나와 희생당한 두 경찰의 영결식에 참석 했다.

회복하려면 아직 시간이 많이 필요했지만 정은은 병원에 누워있는 자체가 가시방석이었다.

하루라도 빨리 일어나 이들이 세상을 등지게 만든 놈들을 잡아야 한다는 생각뿐이었다.

영결식이 진행 되는 내내 주먹을 쥔 정은의 손이 떨리고 있었다.

"후방 지원이라도 하게 해 주십시오"

정은이 김영제 반장에게 부탁 했다.

"그 몸으로 뭘 하겠다는 거야... 괜히 나서지마 그러다 다른 사람도 위험해져"

"CCTV 분석이라도 하게 해주실 수 있으시잖아요. 전 절 찌른 그 놈 얼굴을 직접 본 유일한 사람입니다."

김 반장도 정은의 말을 십분 이해했다. 가족 같은 후배 경찰들을 저렇게 먼저 떠나보낸 그의 속에서는 천불이 나고 있었고, 그 당시 현장에 있었던 정은의 마음은 지금 어떨지 충분히 공감이 됐다.

"김 경장은 무조건 내근 직이야.. 현장에 나갈 생각은 절대 하지 말고, 병원은 무슨 일이 있어도 꼭 가는 걸로 약속해"

꽤 오랜 시간 고민을 하던 김 반장이 마지못해 허락을 했으나, 이틀 전 수술까지 한정은이 내심 걱정 됐다.

"네 알겠습니다."

김 반장의 마음을 아는지 모르는지 정은은 힘 있는 목소리 대답했다.

강릉에서 늦은 점심을 먹고 재령과 그는 천천히 서울로 돌아왔다.

서울로 진입했다는 안내표지판을 보니 그의 마음이 썩 달갑지 않았다.

강릉에서 그녀와 함께 보냈던 이틀이라는 시간이 너무 순식간에 흘러가버린 느낌이었다.

강릉에 있는 동안 만약 누군가 그에게 살면서 가장 행복했던 순간이 언제였냐고 물었다면 그는 아마 이렇게 대답 했을 것이다. 지금 이 순간.

그가 운전하고 있는 차는 속도가 영 나지 않았다.

"무슨 일 있어?"

아까부터 심각한 표정에 말도 없이 생각에 잠긴 그를 보며 그녀가 물었다.

"아니? 아무 일도 없어"

"그럼 우리 조금 빨리 가야 할 것 같아 뒤에...."

그녀의 말에 그는 거울로 뒤를 확인했다.

너무나도 느리게 가는 자신 때문에 뒤에 따라오는 차량들의 줄이 길게 늘어져 있었다.

연신 경적을 울리는 뒤차의 소리도 듣지 못하고 그는 생각에 잠겨 있었던 것이다.

정신이 돌아 온 그가 그제야 제 속도를 내며 호텔로 돌아 왔다.

호텔 주차장에 차를 세우고 그 둘이 차에서 내린 시간은 이미 저녁 시간이었다.

호텔 1층 식당에서 간단히 식사를 하고 올라가기로 한 그들은 식당의 한 테이블에 자리를 잡았다.

"덕분에 기분이 좋아졌어."

그녀의 말에 그는 미소로 대답을 대신 했다.

앞으로 언제든 가고 싶으면 말하라고, 같이 가자는 말이 너무 하고 싶었지만 그는 그럴 수가 없었다.

"근데, 그거 알아?"

"어떤?"

"나 아직 이름도 몰라... 뭐라고 불러야 할지 모르겠어."

며칠 동안이나 같이 있었고, 생사의 순간도 있었고, 말을 놓기 까지 했지만 아직 그의 이름을 모르고 있던 그녀다.

"내 이름..."

그 때 그의 눈에 한 남자의 모습이 스쳐 지나갔다.

"소화기....?"

"이름이... 소화기?? 성이 소 씨고 이름이 화기???"

그는 검지를 입에 대며 조용히 하라는 신호를 보냈다.

"고개 들지 말고 눈으로만 확인해.. 재령씨 왼쪽 호텔 로비 검은 정장 외국인..."

눈동자만 돌려 그가 말한 곳을 본 그녀는 심장이 멈추는 것 같았다.

그 곳엔 그녀의 집에 쳐들어와 정은을 칼로 찌른 남자가 로비를 지나치고 있었다.

"맞아... 확실해"

그는 그녀를 데리고 조용히 식당을 빠져 나갔다.

남자는 로비를 지나 엘리베이터를 기다리고 있었다. 그의 일행으로 보이는 남자들이 모두 엘리베이터에 타고 문이 닫히자, 그는 그녀와 함께 다른 엘리베이터를 타고 그녀의방 아래층에 내렸다. 혹시 방 호수가 노출이 되었을까 하여 한 층 아래에서 계단으로 올라갔다.

그는 처음부터 이런 상황을 대비해서 그의 방과 그녀의 방의 층도 다르게 잡았다.

다행히 그녀의 방은 노출이 되지 않은 것으로 보였다.

그는 그녀를 방에 데려다 주고 절대 아무에게도 문 열어 주지 말라고 당부 했다.

"그리고 총... 잘 가지고 있어"

27화 (사냥)

그는 그의 방이 있는 위층으로 올라왔다.

그곳은 쥐 죽은 듯이 조용했다.

그의 방문을 열고 조용히 안으로 들어갔을 때 그의 뒤에서 인기척이 느껴졌다.

바로 등 뒤로 다가온 기척에 그는 재빠르게 몸을 돌려 상대가 들고 있던 총을 빼앗은 후 목을 필로 감았다.

　- 차차착!

방 안에는 한 명만 있던 것이 아니었다.

자신들의 동료가 그에게 사로잡히자, 방 안에 있던 대 여섯의 침입자들이 손에 총을 들고 모습을 나타냈다.

"역시 쉽게 잡혀 주지는 않는군.. 자! 자! 흥분들 가라앉히라고!"

침입자들 사이에서 정장을 말끔하게 차려 입은 사내가 앞으로 걸어 나왔다.

WAK 그룹 이 회장의 아들이었다.

정은은 계속해서 CCTV 화면을 쳐다보고 있었다.

정은이 칼을 맞은 그 날 재령의 집 근처 CCTV 부터 시작하여, 그와 재령이 타고 간 그녀의 차를 추적했다. 그리고

"찾았다!"

정은은 김영제 반장에게 전화를 걸었다.

"반장님! 마포 가든호텔이예요... 나재령씨 차량 지금 그곳에 있어요. 조금 전 들어가는 장면 확인 됐어요."

"마침 거기 근처야 10분이면 가"

정은의 연락에 김 반장의 눈이 번뜩였다. 하지만 이어지는 정은의 말에 곧장 심각한 표정으로 변했다.

"절 찌른 놈도 지금 그곳에 있습니다."

"뭐?"

정은은 CCTV 화면을 캡처하여 김 반장에게 전달했다. 화면에는 호텔 정문으로 정장을 입은 다수의 남자들이 들어가는 장면이 보였고, 정은이 지목한 남자의 얼굴도 보였다.

"총기 지참하시는 게 좋으실 것 같습니다."

"알았어, 계속 상황 체크해주고, 지원 요청해"

정은은 곧장 경찰 특공대에 지원을 요청 했고, 호텔 주변 CCTV 를 조작하여 호텔을 사방에서 볼 수 있도록 했다.

앞으로 걸어 나온 이 회장의 아들이 그에게 말했다.

"아니.. 의뢰를 받았으면 빨리 처리를 해줘야지... 왜 이렇게 일을 복잡하게 만들어"

그는 대답 없이 인질을 더욱 강하게 잡아 쥐었다.

"왜.. 도대체 왜 일을 이 지경까지 만들었는지 말을 좀 해보지 그래"

그는 여전히 말이 없었다.

"대체 왜!!"

이 회장 아들은 화가 난 목소리로 언성을 높였다.

"왜.. 보니까 못 죽이겠어? 왜!! 맘이라도 뺏겼나? 지켜주고 싶어 미치겠어?"

틀린 말이 하나도 없었다.

"사냥개는 그저 시키는 대로 사냥만 하면 돼.. 그런데 사냥개가 말을 안 듣고 있잖아.. 그러면 어떻게 해야 할까?... 죽여야지.. 말을 듣지 않는 사냥개는 그냥.. 죽여야지, 안 그래?"

그는 인질로 잡고 있는 남자를 방패삼아 조금씩 뒷걸음질을 쳐서 문 쪽으로 갔다.

"그 여자 어디 있는지 말해"

아직 그녀의 위치는 놈들이 파악하지 못 한 듯 했다.

"더 이상 일을 더 꼬이게 하지 말고 그만 끝냈으면 하는데.. 나 머리 아픈 거 질색이야.. 그러니까 빨리 말하라고.. 그러면 너까지 죽이진 않을 테니까.."

끝내 그가 대답이 없자 답답함을 느낀 이 회장의 아들이 소리를 질렀다.

"그 여자 어디 있어!!?"

그 물음에 그가 낮고 무거운 목소리로 대답했다.

"내 마음속에.."

그 말과 함께 그는 잡고 있던 인질을 발로 차 버림과 동시에 문을 열고 나가 호텔 복도를 달리기 시작했다.

비상계단 문을 열고 아래로 내려가려던 그를 소화기 사내가 기다렸다는 듯이 쫓아 올라 왔다.

그는 하는 수 없이 위층으로 올라갔다.

하지만, 그는 어떻게든 놈들을 밖으로 끌고 나와야 했다. 그래야 그녀가 이 건물에서 안전 할 수 있을 것이라 생각했다.

김 반장이 막 호텔 로비로 들어 왔다. 호텔은 아직 아무 일도 일어나지 않은 듯 평온 한 모습이었다.

"김 경장, 특이 동향 없어?"

"아직 조용합니다."

김 반장은 무전기로 호텔 외부 상황을 지켜보고 있는 정은에게 계속하여 보고를 받았다.

김 반장의 눈에 인상착의가 거슬리는 사람들이 몇몇 포착 되었다.

그들은 호텔 유니폼이 아닌 검은 정장을 입은 채로 호텔 입구로부터 조금 떨어진 곳에서 입구 쪽을 계속 주시하며 지키고 서 있었다.

김 반장은 체크인 카운터로 가서 신분증과 그의 얼굴 사진을 보여 주며 말했다.

"경찰입니다. 협조 부탁드립니다. 혹시 이렇게 생긴 사람 보셨을 지요?"

하지만 카운터 직원은 잘 기억을 못하겠다는 표정이었다.

조용한 로비는 마치 폭풍전야의 고요함 같았다. 직감적으로 김 반장은 조만간 분명히 큰일이 벌어질 것 같았다.

"특공대는 언제쯤 도착해?"

"15분 거리 입니다."

"무슨 특공대가 이렇게 느려 터졌어.. 이러다 아무것도 못하고 지켜만 보게 생겼어..."

김 반장은 혼자서는 버거울 것이라는 생각에 마음이 조급해지기 시작했다.

"반장님!!"

그 순간 정은의 다급한 목소리가 들려왔다.

28화 (탈출)

그는 소화전에 호스를 연결하고 반대 끝을 몸에 묶었다.

들고 있던 총으로 유리창에 총알 두 발을 발사했다. 유리가 두꺼워 그대로 부딪혔다가 깨지지 않으면 낭패였다.

총알에 뚫린 유리는 적당하게 균열이 생겼다.

그가 뛰어 내리려 창문을 향해 뛰기 시작했을 때 계단 문이 열리며 놈들이 쫓아 올라 왔다.

놈들은 그를 향해 마구 총질을 해댔지만 그가 아주 조금 더 빨랐다.

미리 깨 놓은 창문은 그의 몸이 닿자 산산조각이 났고 그대로 그는 아래로 자유낙하를 하기 시작 했다.

그가 창문을 깨고 호텔 밖으로 뛰어내리는 장면은 정은이 지켜보고 있던 CCTV 에 고스란히 잡혔다.

놈들은 다시 그를 쫓아 아래로 뛰기 시작했고, 놈들과 같이 뛰어 올라 왔던 소화기 사내는 그의 몸을 묶은 소방 호스를 향해 총질을 시작했다.

어느 정도 내려오자 소화전 호스가 다 풀렸다. 탄력이 없는 호스는 그의 몸에 그대로 충격을 전달했다.

"윽!!"

온 몸에 전달되는 충격에 그의 입에서 고통스러운 소리가 나왔다.

공중에 매달린 채로 허리춤에 차고 있던 총을 꺼내 눈앞에 보이는 창문에 다시 총알을 발사했다.

뛰어 내릴 때와 마찬가지로 창문에 균열이 생겼고 그는 발로 유리를 찼다.

유리가 깨지길 기대 했던 그의 바람과는 달리 유리는 둔탁한 소리만 낼 뿐 깨지지 않았다. 달려서 온 몸으로 유리를 깰 때와 비교해서 발로 차는 것은 유리가 깨지기에는 힘이 부족했다.

위에서는 계속해서 호스를 향해 총을 쏘고 있었고 총알에 맞은 호스는 끊어지려 하고 있었다.

그는 그렇게 호텔 외벽에 매달려 사투 중이었다.

그는 유리를 밟고 있는 힘껏 뛰었다.

그렇게 공중에서 호스를 매달고 오도 가도 못하는 그의 진자운동이 시작됐다.

몇 번의 도움닫기를 한 후 최대한 높이 뛰었다고 생각이 들었을 때 그는 발이 아닌 몸으로 유리와 부딪혔다. 그와 동시에 호스가 끊어졌다. 온몸으로 부딪힌 유리는 산산 조각이 났고, 그는 겨우 건물 안으로 들어 올 수 있었다.

힘겹게 유리를 뚫고 들어와 12층 복도에 쓰러져 가쁜 숨을 쉬고 있는 그가 서둘러 몸에 묶여있는 호스를 풀고 계단을 향해 움직였다.

유리 파편에 긁힌 그의 손과 목에서 피가 흐르고 있었다.

비상구 계단 문을 여는 순간 그곳을 지키고 있던 한 놈과 마주쳤다.

그는 재빠르게 놈의 머리를 잡아 그대로 벽에 내리쳤다.

"저기다 잡아!!"

그를 쫓아 내려오던 놈들이 그를 발견하고 소리쳤다.

그는 계속해서 아래층으로 뛰었다.

아래에서 올라오던 한 놈을 뛰어내려오던 관성을 그대로 이용해 발로 차서 눕히고, 주먹으로 때려눕히며 드디어 로비층에 도착했다.

1층 비상구 문을 열자 로비가 나오고 출구가 보였다. 그는 놈들이 여전히 자기를 쫓아오고 있는 것을 확인하고 로비로 나갔다.

피를 흘리는 그의 모습을 본 사람들이 웅성거리기 시작했다.

로비층 엘리베이터가 보였고 문이 열리자 소화기 사내가 내리는 것이 보였다.

"아이씨...자기 혼자 편하게..."

짜증이 올라온 그가 총으로 사내를 바로 쏘려 했지만 엘리베이터 안에 사람들이 많았다.. 대신 그의 눈에 비상용 소화기 하나가 눈에 들어왔다. 소화기는 아주 적절하게 엘리베이터에서 내리고 있는 사내의 옆에 놓여있었고 그는 총으로 소화기를 쐈다.

총에 맞아 구멍이 뚫린 소화기는 그대로 소화분말을 사내의 얼굴로 뿜어댔다.

"What the !!!!"

또 한 번 소화기에 당한 사내의 욕설이 들렸다.

로비는 아수라장이 되었고, 로비가 소란스러워진 틈을 타 그는 출구 쪽으로 달렸다.

"반장님!!"

"말해"

정은은 CCTV로 보이는 상황을 보고 했다.

그가 뛰어내린 상황과 그리고 다시 유리를 깨고 건물로 들어간 상황을 보고 했다.

"자기가 무슨 스파이더맨 이래? 이거 완전히 난장판이네.."

김 반장이 보고를 받고 있던 순간 로비가 소란스러워졌다.

뿌연 연기가 피어오르는 것이 보였고, 곧이어 누군가 출구로 내달리는 것이 보였다.

김 반장은 한 번에 그를 알아봤다.

하지만, 김 반장은 바로 그를 쫓지 않았다.

재령과 같이 있지 않은 그가 저렇게 뛰어 도망친다는 것은, 그 뒤에 분명 놈들이 그를 쫓고 있다는 뜻이고, 그 사이에 자신이 개입하면 자칫 일을 망칠 수도 있었다. 우선은 그를 쫓는 놈들의 규모부터 파악해야 했다.

곧이어 김 반장의 예상대로 그의 바로 뒤로 열 명 가량의 남자들이 뛰어 가는 것이 보였다.

"김 경장 특공대 어디야 지금!!!"

"코너만 돌면 됩니다."

마음이 급한 김 반장의 목소리가 날카로웠다.

김 반장의 시선에 그가 지금 막 발렛 주차를 맡기고 있는 차를 가로채 도주하려는 모습이 보였고 그 뒤를 쫓던 놈들 또한 입구를 지키던 놈들이 준비해 놓은 차를 타고 그를 계속 쫓으려 하는 장면이 보였다.

"특공대한테 차로 출구 막으라고 해"

정은은 김 반장의 지시대로 특공대에 전달했다.

김 반장도 호텔 밖으로 뛰어 나갔다.

"진짜 비싸고 진짜 예민한 차니까 스크래치 안 나게 진짜 조심해 주세요. 진짜요!!"

입에서 진짜를 연발하고 있는 사람이 발렛 주차를 맡기고 있었다.

발렛 주차 직원이 주차를 위해 운전석에 타려는 순간, 그가 직원을 낚아채 밖으로 밀쳐냈다. 그리고 운전석에 앉아 엑셀을 밟았다.

굉음과 함께 튀어 나갔다는 표현이 맞을 정도로 빠른 속도로 그가 운전하는 차는 호텔을 빠져 나갔다.

뒤이어 놈들도 차 세 대에 나눠 타고 그를 쫓아 호텔을 빠져 나갔다.

그가 탄 차가 출구를 빠져나가고 놈들이 탄 차 중 첫 번째 차가 출구를 빠져 나갔을 때 특공대의 차가 출구를 막아섰다.

출구가 막혀 더 이상 전진을 하지 못하자, 놈들은 총을 들고 차에서 내렸다.

특공대원들도 완전 무장한 채로 서둘러 차에서 뛰어내려 진열을 갖추기 시작했다.

일촉즉발의 상황 속에서 먼저 공격을 시작한 것은 놈들이었다.

놈들은 누구 할 것 없이 차에서 뛰어 내림과 동시에 총을 발사하기 시작했고, 이에 특공대원들도 사격을 시작함으로써, 격렬한 총격전이 벌어졌다.

호텔 앞은 마치 전쟁터를 방불케 했다.

머리부터 발끝까지 보호 장비를 착용하고 있는 특공대원들과는 달리 놈들에겐 총알을 막을만한 보호 장구는 없었다. 이 때문인지, 특공대원들이 놈들을 모두 사살하고 상황을 마무리 짓기까지는 시간이 그리 오래 걸리지 않았다.

29화 (추격)

"김 경장 그 놈 위치 파악 돼?"

"CCTV로는 추적에 한계가 있습니다. 마지막 확인 된 위치는 강변북로 일산 방향입니다."

특공대원들이 교전을 벌이고 있는 사이, 김영제 반장은 현장에 있던 경찰차 한 대를 몰고 그를 추격하기 시작했다.

정은의 보고를 받으며 김 반장은 속력을 올렸다.

"김 경장은 항공팀 지원 받아서 계속 쫓아"

김 반장의 지시에 따라 정은은 곧장 헬기를 타고 강변북로로 향했다.

정은의 시야에서 그가 운전하고 있는 차를 발견하기 까지는 그리 오래 걸리지 않았다.

다른 차들과 달리 급격하게 차선을 바꾸며 과속으로 운행 중인 차가 보였고 그 뒤를 쫓으며 총구에서 불이 번쩍거리며 총을 쏘고 있는 놈들의 차가 바로 확인 됐다. 총성 소리가 정은에게까지 들렸다.

"검은색 아우디 R8 차량 현재 강변북로 일산 방향으로 서강대교 인근 통과 중"

정은은 인근에 배치 된 경찰 인력들의 전체 무전으로 그의 차량 정보를 공유 했다.

"검은색 BMW X6 차량 현재 R8 차량에 총격 중 주의 바람"

놈들이 쏘아대는 기관단총에서 발사 된 총알이 그의 차량에 박힐 때 마다 그의 차량에서 불꽃이 일었다. 정은은 내심 그가 걱정되기 시작했다.

"저러다 죽겠어..."

이제 막 강변북로에 접어든 김 반장의 다급한 목소리도 무전으로 들려 왔다.

"서강대교 이후 출구 전부 다 막아, 몸으로 막을 생각하지 말고 차로 막아!!"

이후 출구를 막은 경찰들의 보고 소리가 무전을 통해 들려왔다.

그는 우선 뒤에 따라 붙은 놈들을 어떻게 처리해야 할지 고민이었다.

아무리 따돌리려 차선을 옮기며 속도를 올려도 놈들은 좀처럼 떨어지지 않았다.

놈들을 향해 총을 쏘려 해도 그가 들고 있는 총에는 총알이 몇 발 남지 않은 상태였기에 섣불리 총알을 낭비 할 수가 없었다. 결정적인 순간에 발사하기 위해 그는 총기 사용을 자제했다.

다시 총성이 들리고, 차 유리창이 깨지며 총알이 날아들었다.

그는 좌우로 차를 흔들며 놈들이 정확히 조준을 할 수 없도록 했다.

마침 앞에 컨테이너를 싣고 가는 트레일러 차량이 보였다.

그가 차선을 변경하여 트레일러 차량 옆으로 옮겨가자, 놈들도 그를 따라 차선을 옮기며 뒤로 붙었다.

그가 속도를 올려 트레일러 차량을 앞지르면서 남아 있는 총알을 모두 트레일러 차량의 타이어에 발사 했다.

총알에 맞은 트레일러 차량의 한쪽 타이어 몇 개가 터졌다.

타이어가 터지자 트레일러 차량이 싣고 있던 컨테이너의 무게를 버티지 못하고 균형을 잃었다. 트레일러 차량 기사가 최대한 차량을 제어해 보려 핸들을 이리저리 꺾으며 애를 썼지만 결국 컨테이너가 크게 휘청거리며 차량 전체가 한 쪽으로 기울었다.

기울어진 컨테이너가 그와 놈들이 탄 차량 위로 떨어지고 있었다.

그는 트레일러 차량이 넘어지기 직전 속도를 올려 떨어지는 컨테이너를 겨우 피했다. 하지만 뒤에 따라오던 놈들의 차량은 미처 컨테이너를 피하지 못했고, 컨테이너는 그대로 놈들의 차량을 덮쳤다.

더 이상 놈들이 쫓아오지 못하는 것을 확인한 그가 한 시름 놓기도 전에 뒤에 따라 붙은 김 반장의 경찰차 사이렌 소리가 요란하게 들렸다.

"차 세워!!"

김 반장의 목소리가 경찰차의 외부 스피커로 들려왔다.

"차 세우라고!!"

김 반장을 따돌리기 위해 그는 바로 보이는 출구를 향해 달렸지만, 이미 출동한 경찰차로 막혀 버린 출구 때문에 다시 달리던 강변북로로 방향을 돌려야 했다.

그렇게 그 둘이 추격전은 계속 되었다.

한 동안 강변북로를 달리던 그의 앞에 차량들이 서 있는 것이 보였다. 정체구간이었다.

그는 바로 옆에 보이는 가양대교 출구로 방향을 틀었다.

역시나 그 곳엔 이미 사전에 지시를 받은 경찰차가 출구를 막아서고 있었다.

하지만 그에게는 더 이상 선택의 여지가 없었다.

그에게는 더 이상의 총알도 남아 있지 않았고, 총알에 맞은 차에서는 연기도 피어오르고 있었다.

그는 더욱 속도를 올렸다.

"피해!! 피해!!"

그의 의도를 파악한 김 반장의 급박한 외침이 전체 무전을 통해 들렸다.

그는 그대로 경찰차의 뒤 트렁크 부분을 들이 받았다.

엔진이나 다른 장치들이 많이 장착 되어 있는 차량의 앞부분 보다 상대적으로 비어있는 뒷부분은 그의 차가 부딪히는 순간 그대로 찢겨지며 길이 열렸다.

하지만 그에게도 상당한 충격이 전해졌다.

이마가 핸들에 부딪혀 피가 흘렀지만, 그는 그대로 계속 차를 몰아 가양대교로 올라갔다.

하지만 그런 노력에도 불구하고 그는 곧 차를 멈출 수밖에 없었다.

가양대교 위 역시 차량 정체가 심해 앞으로 달릴 수 없는 상황이었다.

그의 차가 멈추자 바로 뒤를 따라온 김 반장이 차에서 내려 그의 차를 향하여 총을 겨누며 외쳤다. 하늘에서도 계속 그를 주시하고 있는 헬기가 조명을 밝게 비추고 있었다.

"더 이상 갈 곳 없어 포기하고 차에서 내려"

그는 마지막 선택을 해야 했다.

이대로 김 반장에게 잡힐 지 아니면 수단과 방법을 가리지 않고 김 반장에서 도망을 칠 것인지.

생각을 마친 그의 차 뒷바퀴가 굉음을 내며 제자리에서 돌기 시작하더니 차체가 제자리에서 조금씩 돌기 시작했다.

그렇게 그의 차는 한강을 바라보며 서있게 되었다.

잠시의 지체도 없이 그의 차가 달리기 시작했고, 가양대교 위 인도와 차도로 구분하는 시멘트벽과 부딪혔다. 김 반장은 그런 그의 모습에 당황하여 그저 바라만 보았다.

그가 들이 받은 벽은 인도와 차도를 구분하기 위한 시멘트벽이었기에 그리 두껍지 않는 벽이었다. 충격으로 시멘트벽이 무너졌고, 그는 다시 차를 후진하여 다시 벽을 들이 받을 준비를 하고 있었다. 이미 여러 번의 충격으로 그가 타고 있던 차의 앞부분은 많이 찌그러져 있었다.

"무모한 짓 하지 마, 마지막 경고야 차 세우고 내려!! 아니면 발포 한다"

김 반장의 경고를 무시한 그는 다시 한 번 다리 난간을 향해 차를 달렸다.

     - 탕!!

김 반장이 그를 향해 방아쇠를 당겼다.

하지만 그의 차는 멈추지 않고 계속 달려 그대로 다리 난간을 뚫고 한강으로 떨어졌다.

"아.... 안돼"

헬기에서 이 장면을 모두 지켜보고 있던 정은의 입에서 탄식이 나왔다.

깜짝 놀란 김 반장도 급히 달려가 그의 차가 떨어진 곳을 내려다보았다.

"김 경장.. 당장 수색...젠장!"

밤이라 강 아래는 깜깜하기만 할 뿐 아무것도 보이지 않았다. 시야 확보가 되지 않아 수색이 어렵다는 것을 알고 있는 김 반장이 차마 말을 끝마치지 못했다.

"해 뜨는 대로 바로 수색 진행 하도록 하겠습니다."

마지막 보고를 뒤로하며 정은은 파일럿에게 돌아가자 말하고 헬기를 돌려 철수 했다.

30화 (사투)

경찰들은 호텔에 투숙중인 사람들을 모두 나가게 했다.

재령은 나가는 인파들 속에 섞여 호텔을 빠져 나왔지만 어디로 가야 할지 몰랐다.

- 지이이잉

그녀의 핸드폰으로 전화가 왔다. 정은이었다.

울음이 나오려는 것을 억누르며 그녀는 전화를 받았다.

"정은아.. 괜찮아?"

"언니 어디야 지금?"

정처 없이 한참을 걷던 그녀는 당장 눈에 보이는 큰 건물 이름을 말해주었다.

"거기서 꼼짝 말고 기다려"

헬기에서 내리자마자 정은은 재령이 걱정 됐다.

그가 한강으로 뛰어드는 모습을 본 순간 그녀 옆에는 이제 아무도 없을 것이 뻔했기에 급한 마음에 그녀에게 전화를 했던 것이다.

급한 정은의 마음을 아는지 모르는지 정은의 몸은 뜻대로 움직여 주지 않았다.

며칠 전 받은 수술 부위에서는 피가 조금씩 배어 나왔다.

"아이씨... 짜증나..."

답답한 정은의 입에선 짜증 섞인 목소리가 나왔지만, 정은은 그래도 힘을 내어 운전대를 잡았다.

"정은아!!"

잠시 후 정은을 본 재령은 자신도 모르게 정은을 끌어안을 뻔 했다.

다행히 정은이 먼저 아픈 곳을 가리키며 그녀를 멈춰 세웠다.

"우선 차에 먼저 타자"

정은의 말에 그녀는 고개를 끄덕이며 서둘러 차에 탔다.

정은은 운전을 하는 내내 자신도 모르는 사이 고통스러운 신음 소리가 나오고 있었다.

아직 운전석에 앉아 운전을 하기엔 정은의 몸은 온전하지 못했다.

재령이 정은을 보고 차를 세우라 말했다.

"아직 운전하기는 무리겠지... 내가 운전 할게, 자리 바꾸자"

정은은 순순히 운전석에서 내려 그녀와 자리를 바꿨다. 정은의 생각에도 계속 운전을 하기엔 무리였다.

자리를 바꿔 그녀가 차를 출발시키긴 했지만 갈 곳이 마땅히 없었다.

"그 사람 어디 있냐고 왜 안 물어봐?"

재령이 정은에게 먼저 말을 꺼냈다.

"사실은...언니..."

정은은 어쩔 수 없이 조금 전 있었던 일을 그녀에게 이야기 했다.

정은의 말을 들은 재령은 놀란 마음에 도로 한가운데서 차를 멈췄다.

충격을 받은 듯 그녀는 한동안 아무 말도, 아무 행동도 없이 그저 멍하니 앞만 보고 있었다.

뒤에서 차들이 경적을 울리고, 운전하는 사람들이 소리를 지르며 지나가도 그녀는 아무 반응도 하지 않았다.

"아직 그 사람 어떻게 됐는지는 몰라... 그래서 언니 옆에 그 사람 지금 없을 테니까.. 그것 때문에 내가 온 거야.., 언니 혼자는 아직 위험할 테니까.."

     - 지이이잉

충격으로 잠시 아무런 미동조차 하지 않고 있던 그녀의 핸드폰이 울렸다.

핸드폰에 익숙한 번호가 표시 된 것을 확인한 그녀의 얼굴에 안도감이 비쳤다.

"어디야?"

그녀는 급히 유턴을 하여 차를 몰았다.

"뭐....뭔데?"

이유를 알 수 없는 정은은 엄청난 속도로 달리는 차 안에서 손잡이를 꽉 붙잡았다.

가양대교 남단 아래, 한강공원으로 그는 수영을 하여 도착했다.

차가 물속에 잠기는 순간 운전석에서 빠져 나온 그는 가양대교 다리 기둥 사이를 헤엄치면서 이동했다.

평소 같으면 한 번에 건넜을 거리를 그는 다리 기둥이 나올 때 마다 쉬어야 했다.

김 반장이 발사한 총알은 그의 오른쪽 어깨 부위에 박혔다.

총상을 입은 팔로 수영을 하기에는 무리가 심했다.

그래도 현장을 벗어나 살아서 다시 그녀에게 돌아가야 한다는 생각으로 그는 이를 악물고 강을 건넜다.

드디어 강 끝에 간신히 도착한 그는 주머니에서 핸드폰을 꺼냈다.

핸드폰의 생활방수 기능이 이 순간 그렇게 고맙게 느껴진 그였다.

다행히 정상적으로 작동 되는 핸드폰에 감사하며 그는 그녀에게 전화를 걸었다.

전화를 받는 그녀의 목소리에 안심이 된 것인지, 아니면 강을 건너 땅에 발을 디딘 것에 대한 안도인지 그의 의식이 조금씩 희미해지는 것을 느꼈다.

얼마나 지났을까 멀리서 그녀가 달려오는 것이 보였다.

희미한 의식 속에서 그는 핸드폰 메모장을 열어 자신의 집 주소와 현관 비밀번호를 적기 시작했다.

갈 곳이 자신의 집 밖에 마땅한 곳이 없었다.

그는 자신의 앞에 도착한 그녀에게 적은 내용을 보여주며 말했다.

"여기로 가"

그 말을 끝냄과 동시에 그는 의식을 잃었다.

그를 차에 태운 재령과 정은은 그가 보여준 주소로 갔다.

그의 집은 그녀의 집과 매우 가까운 곳에 있었다.

그를 침대에 눕히고 그의 상태를 확인하던 중 정은이 그의 어깨에 있는 총상을 확인했다.

박혀 있는 총알을 빼야 하는 상황이었다.

정은이 그녀에게 말했다.

"구급상자 있을 만한 곳 좀 찾아봐줘... 어깨에 박힌 총알 안 빼내면 이 사람 죽을지도 몰라.."

정은의 말에 그녀는 수납장들을 모두 뒤지기 시작했다.

잠시 뒤 구급함을 찾아 온 그녀는 정은의 말에 따라 필요한 물건들을 꺼내어 놓았다.

"하... 실제로 해 본적은 없는데.. "

경찰학교에서 수업으로 들어 본 것 밖에 실제로 해 볼 일이 없었던 정은은 혹시라도 잘못 될까 걱정이 됐지만 손은 이미 소독약을 들어 그의 총상 부위에 쏟아 붓고 있었다.

핀셋을 총상으로 구멍이 생긴 어깨에 어느 정도 집어넣자, 딱딱한 총알 끝부분의 느낌이 전해졌다.

정은은 총알을 핀셋으로 잡아 천천히 뽑아냈다.

핀셋에 붙잡힌 피에 물든 총알이 그의 몸에서 빠져 나왔고, 정은은 투명한 플라스틱 통에 총알을 담았다.

"휴..."

긴장했던 정은이 긴 한숨을 내쉬었다.

정은은 그의 상처 부위에 거즈를 대고 붕대까지 감았다.

"이제 나머지 정리는 언니가 해줘..곧 반장님이 날 찾을 거야 자리를 너무 오래 비웠어.. 반장님한테는 병원에 다녀왔다고 할게"

재령은 알았다며 고개를 끄덕였다.

"이 약 꼭 먹여야 돼.. 상처 부위가 감염되면 패혈증이 올 수 있다고 들었어.."

정은은 구급상자에서 항생제로 쓸 만한 약을 찾아 재령에게 쥐어 주었다

"고마워 정은아"

정은이 나간 후 그녀는 그의 옆에서 밤이 새도록 간호를 했다.

밤새도록 고열이 나던 그는 새벽 무렵이 되어서야 차츰 열이 떨어지기 시작했다.

진정이 되어가는 그를 보며 그녀는 그의 옆에 엎드려 잠이 들었다.

31화 (매수)

힘겹게 그가 눈을 떴다.

그의 옆에 그녀가 잠들어 있는 모습이 보였다.

"천국인가.. 천사가 보이네."

엎드려 있는 그녀의 손을 잡아 보려 손을 뻗으려는 찰나, 엄청난 고통이 느껴졌다.

"하윽..."

그의 고통스러운 소리에 그녀가 잠에서 깼다.

"움직이지 마..."

"하.. 아직 천국은 아닌가 보네..."

하지만 이 순간 그녀의 목소리를 들을 수 있다는 것만으로도 그의 마음에 안도감이 번졌다.

"큰일 날 뻔 했어.. 잘못 했으면 죽을 뻔 했다고"

그녀의 말에 그는 고개를 살짝 숙여 자신의 몸 상태를 살폈다.

여기저기 피가 배어 나와 핏빛이 비치는 붕대가 어깨부터 가슴을 지나 배까지 칭칭 감겨 있었다.

살아생전 이렇게까지 다쳐 본 적이 있었던가 싶었다.

"옷이..."

그가 입었던 바지가 갈아 입혀져 있었다.

순간 그녀의 얼굴이 붉게 변했다.

"그게... 옷이... 다... 젖어서..."

"아......"

그의 얼굴도 빨갛게 물들었다.

한동안 둘 사이엔 정적이 흘렀다.

먼저 정적을 깬 건 그였다.

"고마워.. 이렇게 다치지 않고 무사해 줘서..."

"나도 고마워... 죽지 않아 줘서... 다음엔 그렇게 혼자 가지마..."

그는 알았다며, 고개를 끄덕였고, 둘을 그렇게 서로의 얼굴을 보고 미소를 지었다.

김영제 반장은 아침부터 가양대교에 올라와 있었다.

해가 뜨자마자 시작 된 차량 인양 작업 및 수색 작업을 직접 보고 있었다.

크레인에 매달려 물속에서 건져 올린 차량이 바지선 위에 실렸다.

여기저기 총에 맞은 흔적과 심하게 부서진 차량 안에는 아무것도 없었다.

"차가 물에 빠지기 전부터 유리가 다 깨진 상태라서 강물에 쓸려 내려갔을 수도 있어요."

수색을 진행하던 사람이 김 반장에게 말했다.

"살았을 것 같습니까? 죽었을 것 같습니까?"

김 반장이 물었다.

"글쎄요... 저 다리 높이 정도에서 떨어졌으면 충격이 상당했을 거예요.. 보통 사람들 같으면 충격에 정신을 잃었을 테고 물속에서 질식해서 죽었겠지요."

"보통 사람이 아닌 것이... 문제지요..."

김 반장은 그가 그렇게 쉽게 죽었을 거라고 생각하지 않았다.

인근 병원도 샅샅이 뒤져 봤지만 그와 비슷한 인상착의의 응급환자가 도착 했었다는 곳도 없었다.

"분명 살아 있을 텐데..."

그 순간 김 반장의 핸드폰으로 전화가 왔다. 서장의 전화였다.

"네, 김영제 입니다."

"그 분이 보자 하시네, 오늘 저녁에 시간 좀 내"

평소 보다 조금 일찍 퇴근을 한 김 반장은 서장이 전달 해준 약속 장소로 갔다.

약속 장소는 얼핏 보기에도 값이 상당히 나갈 것 같은 고급 일본식 식당이었다.

미리 예약이 되어 있었기에, 김 반장은 종업원의 안내에 따라 방으로 들어가 먼저 앉아 있었다.

잠시 후 종업원이 문을 열자 WAK 그룹 이 회장이 방으로 들어 왔다.

김 반장은 자리에서 일어나 들어오는 이 회장을 향해 꾸벅 인사를 했다.

"처음 뵙겠습니다. 김영제라고 합니다."

"아 이야기 많이 들었네, 앉지"

둘은 악수를 하고 자리에 앉았다.

"오늘 저를 보자고 하신 이유가..."

김 반장이 먼저 오늘 만남의 이유에 대해 물었다.

"허허 사람 참 성격 급하긴"

이 회장이 김 반장의 잔에 술을 따라주며 이야기를 시작했다.

"다름이 아니라 자네에게 부탁 하나 하려고 이렇게 보자고 했네."

"부족 할 것 하나 없으실 것 같은 회장님이신데 제가 과연 그 회장님의 부탁을 들어드릴 수 있을만한 그릇이 될지 모르겠습니다."

"내가 괜히 자네를 콕 집어 이렇게 불렀겠나."

문이 열리고 이 회장의 비서로 보이는 남자가 검은색 가방을 김 반장의 옆에 내려놓았다.

"이게 뭡니까?"

김 반장의 표정이 사뭇 심각해졌다.

"내 성의 표시라고 생각해 주면 좋겠네. 부탁을 하는 사람이 어찌 그냥 하겠나."

"전 받을 수 없습니다."

이 회장의 눈썹이 꿈틀거렸다.

"사람 참.. 그렇게 딱딱하게 굴지 말고, 내 부탁이나 들어 보지 그러나?"

"듣지 않아도 괜찮을 것 같습니다. 전 오늘 이 자리에서 술 한 잔도 마시지 않았습니다. 오늘 저랑 회장님은 만난 적 없는 것으로 하시죠.. 지금 이 자리에서 경찰 매수 혐의로 회장님을 연행해도 되겠지만, 그냥 일어나는 건 제가 드리는 최소한의 예의 입니다. 이만 가보겠습니다."

김 반장은 더 이상 대화를 이어갈 필요가 없다고 생각하여, 자리에서 일어나 문을 열고 나갔다.

32화 (온기)

하루가 더 지나자 그는 이제 자리에서 일어날 수 있을 정도로 회복이 됐다.

그가 일어설 수 있기까지 재령의 도움이 컸다.

눈을 뜨자마자 그는 그녀부터 찾았다.

하지만 방에도 거실에서 그 어디에도 그녀가 보이지 않았다.

불안이 엄습해 오며, 그는 급하게 핸드폰을 찾았다.

침대 옆 협탁 위에 올려져 있던 핸드폰을 찾아 급하게 그녀에게 전화를 걸었지만 그녀의 핸드폰은 거실에서 울리고 있었다.

아무래도 그녀를 찾으러 나가야겠다고 생각하고 주섬주섬 옷을 입기 시작했다.

아직 총에 맞은 오른팔은 여전히 통증이 심했고, 움직이기가 쉽지 않았다.

그래도 그나마 움직이는데 문제가 없는 왼팔로 그는 낑낑거리며 옷을 대충 걸친 후 신발을 신기 위해 현관으로 나갔다.

　　- 삑 삑 삑 삑

현관 비밀번호를 누르는 소리가 들렸다.

그는 그 자리에 그대로 정지 된 채 문이 열리기만 바라보고 있었다.

　　- 띠리리리리

비밀번호를 누르는 중에 틀렸다는 경고음이 울렸다.

그는 신발장에 있는 소화기를 꺼내 들었다. 하지만 한 팔로 들어 올린 소화기는 생각보다 무거웠다. 바닥에 소화기를 다시 내려놓는 그 때 문이 열리는 소리가 들렸다.

김영제 반장은 아침부터 서장실에 불려가 있었다.

"도대체 뭐라고 했길래 그러시냐고!!"

서장의 목소리는 화가 나 있었다.

"그런 자리라고 예상은 했지만 이건 정말 아닌 것 같습니다."

"그런 줄 하나 정도는 잡고 있어야 하는 거야... 지금 자넨 그 줄을 놓친 거라고!"

서장은 진심으로 안타까워하는 눈치였다.

"그 줄이 저한테 왜 필요한 겁니까?"

"언제까지 경찰 월급만 받아먹고 살 거야!"

김 반장이 서장을 지그시 바라보며 물었다.

"서장님도 받았죠?"

"영제야!!"

"형!!!!"

김 반장의 목소리가 올라가자 서장이 움찔했다.

"야!! 내가 너 첫째 운동회 한다고 대신 현장 나갔다가 각목 맞고 머리 터져서 죽을 뻔 했던 거 기억 하나 못하냐?"

"아 또 왜 옛날 얘기를 꺼내고 그래~"

머리카락을 헤집으며 흉터를 찾아 보이는 서장에게 김 반장도 이에 질세라 말했다.

"내가 형 둘째 돌잔치 한다고 대신 깡패 새끼들 싸움 말리러 갔다가 칼침 맞은 거 기억나 안나?"

"너한테 칼빵 놓은 그 새낀 내가 잡아왔지"

사뭇 당당하게 말하는 서장에게 김 반장이 쏘아 붙이듯 말했다.

"아직도 비만 오면 칼 맞은 데가 쑤셔요!!"

서장은 무안한 표정을 짓다가 고개를 들고 따지듯 말했다.

"그래서 뭐! 어쩌라고!"

"그때 그래도 우리 뭐라 그랬어?"

김 반장의 말에 서장이 잠시 추억에 잠기는 듯 하며 대답했다.

"그래도 우린 경찰이다"

"그래서.. 먹었어 안 먹었어?"

웃음기를 없애고 서장이 말했다

"안 먹었어!!"

"근데 나를!!!"

김 반장의 역정에 서장이 다시 한 번 움찔했다.

"근데 난 그 쪽 사람들이랑 아무 뭐도 없는 사람인데 갑자기 왜 날 찾은 거야?"

"아마 잘은 모르지만, 네가 쫓는 그 놈이랑 연관이 있는 것 같아"

김 반장은 곰곰이 생각하며, 흩어진 퍼즐 조각들을 하나씩 머릿속으로 맞춰 보았다.

"결국 키는 그 놈이 쥐고 있나?"

정은은 간만에 비번이었다.

오랜만에 집에서 늦장도 부리고, 여유롭게 병원에 가서 상처 부위도 진료를 받았다.

한가함을 즐기며 카페에서 커피 한잔을 마시고 있던 정은은 이대로 집에 가기가 싫었다.

정은은 바로 재령에게 전화를 걸었다.

"언니!! 어디야 지금?"

"어디겠니? 내가"

습관적으로 위치를 묻는 정은에게 재령은 이미 너는 그 답을 알고 있지 않니 라는 말투로 대답을 했다.

"우리 저녁에 삼겹살 파티 할까?"

정은의 말에 재령도 좋아하며 적극 찬성했다.

밖으로 나오는 것이 아직은 부담스러운 재령을 위해 정은은 혼자 마트에 가서 이런 저런 먹을거리들을 사왔다.

"언니 나 이거 혼자 못 들어 도와줘"

마트에서 사온 물건들을 들지 못하는 정은을 위해 재령은 핸드폰도 놓고 곧장 정은의 차가 있는 곳으로 갔다.

"이.... 이걸.... 다 샀다고?"

차 트렁크에 한 가득 실려 있는 고기와 야채 그리고 마실 음료에 재령은 입이 딱 벌어졌다.

"한동안 고기를 못 먹었더니 충동구매를.... 아 그리고 상처 치료엔 역시 고기지~~"

"그.. 그렇지... 그래!! 요즘같이 저기압일 때는 고기 앞으로!!"

그렇게 둘은 음식들을 양손 가득 들고 그의 집으로 왔다.

　　-　삑 삑 삑 삑 삑

물건을 양손에 들고 있는 상태로 비밀번호를 누르기는 너무 힘들었다.

"아... 잘못 눌렀다."

　　-　띠리리리리

현관문 도어락에서 비밀번호를 틀렸다는 경고음이 나왔고, 재령은 다시 비밀번호를 누르기 시작했다.

"무슨 비번이 이렇게 길어"

들고 있던 고기가 무거웠던 정은이 뒤에서 불만 가득한 목소리로 말했다.

"들어가면 바꾸라 해야겠어.. 길어도 너무 길어"

재령도 너무 긴 비밀번호에 한마디 보탰다.

문이 열리자 안에서 소화기를 옆에 두고, 신발은 한쪽만 신은 채, 옷도 제대로 다 입지 못하고, 바둥거리고 있는 그가 현관에 서 있었다.

"몸도 안 좋은 사람이 어디 갈라고 당장 들어와!"

그녀의 일갈에 그는 눈만 깜빡 거릴 뿐 그 자리에 멀뚱히 서서 아무 말도 못했다.

"저도 왔어요. 또 그 소화기 가지고 뭐 하실 라고요?"

뒤 따라 들어오던 정은이 그의 옆에 놓여 있는 소화기를 보고 한마디 했다.

"언니 그거 알아요? 저 오빠 그날 호텔에서 소화기 터뜨린 거?"

"오....오빠?"

정은의 오빠라는 말에 그는 당황해서 계속해서 눈만 깜빡 거릴 뿐이었다.

"알아... 아주 로비가 엉망진창이더라고.. 딱 봐도 얘가 터뜨렸구나~ 했지"

"얘....얘가?"

오늘 계속해서 여러 번 당황하고 있는 그였다.

"소화기랑 좀 인연이 많은 분인 것 같아. 소화기 성애자 뭐 그런 건가?"

"소화기 성애자??"

그 둘은 그렇게 한동안 그를 놀리기도 하고, 서로 이야기하면서 소리 내어 웃기도 하며 저녁 식사를 준비 했다.

그런 모습을 보며 그는 마음 한쪽이 따뜻해지는 것을 느꼈다.

살아오면서 한 번도 보지도 겪어보지도 못한 행복한 친구와의 추억 그리고 가족 같은 따뜻함을 오늘에서야 처음으로 알 것만 같았다.

아주 잠깐 동안 그는 지금 그의 눈앞에 보이는 저 둘의 웃는 모습과 그의 두 귀로 들리는 웃음소리가 그의 집에서 계속해서 들렸으면 좋겠다는 생각을 했다. 하지만 이내 자신이 살아온 과거와 초라한 현재의 모습이 머릿속에 스쳐 지나가면서 잠시 잠깐 행복했던 그 기억들이 가슴에 속에 시리게 다가왔다.

이 순간이 영원하길 바라는 자신의 마음이 너무 욕심 같았다.

어떻게 해서든 그녀를 다시 일상으로 돌려보내야만 한다. 그것이 자신이 할 수 있는 그녀를 위한 최선의 선택이었다.

33화 (약속)

이렇게 기분이 좋을 수 있을까? 누군가와 함께 이렇게 웃을 수 있다는 것이 정녕 이렇게 행복할 수 있을까? 이 시간을 멈추고 싶다.

그와 재령, 그리고 정은은 음식에 한이라도 맺힌 듯 고기를 구워내는 족족 입으로 가져가기 바빴다. 최근 며칠 다들 고생이 심했던 탓인지, 그것에 대한 스트레스를 풀어내는 듯, 한참을 그들은 웃고 떠들며, 잊을 수 없는 저녁 시간을 보냈다.

그와 정은은 상처 때문에 술을 마시지는 못했지만, 그녀는 꽤 술을 많이 마셨다.

마음 속 긴장이 풀어진 그녀는 금세 취기가 올랐고, 식사가 거의 끝나갈 무렵 쏟아지는 잠을 이겨내지 못하는 듯 보였다.

그녀를 먼저 방으로 들여보내 쉬게 한 후 그는 정은도 서둘러 집으로 돌려보냈다.

같이 남아 뒷정리를 하겠다는 정은을 끝내 설득하여 집으로 돌려보낸 그는 급히 먹은 자리를 정리하고 외출 준비를 했다. 말이 정리지 거의 쓰레기봉투에 쓸어 넣는 수준이었다.

그녀가 잠든 것을 확인한 그는 소음기를 장착한 권총 한 자루를 들고 차에 올랐다.

늦은 시간 김영제 반장이 퇴근길에 올랐다.

늦은 시간까지 그녀와 WAK 그룹과의 관계 그리고 그와 WAK 그룹과의 관계에 대한 퍼즐을 맞추고 있었지만, 전혀 해답이 나오지 않고 있었다.

머리가 아파진 김 반장은 퇴근을 하는 동안에도 기분이 썩 좋지 않았다.

답답함을 안은 채 현관문을 열고 집안으로 들어온 김 반장은 평소 자신을 맞아 주던 아내가 보이지 않고, 온 집안의 불이 꺼진 새 작은 스탠드 불빛 하나만 커져 있는 거실에 위화감을 느꼈다.

직감적으로 차고 있던 총을 꺼내 들려는 순간, 한 목소리가 들렸다.

"그러지 않는 게 좋으실 겁니다. 총은 저도 있거든요."

켜져 있던 스탠드 불빛에 그림자 하나가 비쳤다.

"뭐 하는 놈이야"

김 반장의 말에 그가 스탠드 불빛 속으로 얼굴을 내밀었다.

그의 얼굴을 확인한 김 반장의 목소리가 떨렸다.

"네가 어떻게 여길?"

"그런 건 아실 필요 없습니다."

그의 목소리는 그 어느 때 보다 차가웠다.

"가족들한테 무슨 짓을 한 거야?"

김 반장은 혹시라도 그가 평소와는 달리 보이지 않는 아내와 아이들에게 그가 무슨 짓을 했을까 하여 내심 걱정이었다.

"부탁을 하러 왔습니다."

김 반장의 물음에 대답대신 그는 그의 말을 하기 시작했다.

"요즘 나한테 부탁하는 사람이 조금 많아서 말이야"

"그럼 부탁 대신 협박을 할까요?"

그의 말에 김 반장의 마음속에서 분노가 올라오려 하였으나 아직 안전이 확인 되지 않은 가족의 안전 때문에 김 반장은 속에서 올라오는 말을 억눌렀다.

"들어 보지 그 부탁"

"더 이상 절 쫓지 말아 주십시오."

예상 했다는 듯 한 표정으로 김 반장은 가벼운 한숨을 쉬며 그에게 대답 했다.

"너 같은 놈들 쫓아서 잡아들이는 게 내 일인데 나보고 일을 하지 말라는 건가?"

"일을 하지 말라고 하는 말이 아닙니다. 저 대신 다른 걸 쫓게 해드리면 되지 않겠습니까?"

김 반장의 얼굴은 그리 기대를 갖지 않는 듯 한 표정이었다. 김 반장의 표정은 상관없다는 듯이 그가 말을 이었다.

"그걸 쫓게 되면 아마 저 같은 놈은 쫓을 시간도 없으실 겁니다."

"그러니까 다른 뭘 쫓으라는 거지?"

뒤 이은 그의 말에 기대감이 전혀 없었던 김 반장의 얼굴이 심각해졌다.

"WAK 그룹"

그는 그 말과 함께 거실의 탁자 위에 USB 하나를 올렸다.

"원본이 아닌 사본 입니다. 안에 WAK 그룹을 몰락시킬 수 있는 정보들이 들어있지요.

물론 그 안에 있는 정보들은 모두 사실 입니다. 이 USB 때문에 재령씨가 그들의 표적이 됐고요"

"내용이 뭔지 봤나?"

김 반장은 다시 한 번 머릿속으로 퍼즐 조각들을 맞춰가기 시작했다.

"WAK 그룹의 베임, 횡령, 그리고 청부 살인"

"그런데 그게 어떻게 나재령씨에게?"

김 반장의 풀리지 않는 의문이었다. 아무리 생각해도 상관관계가 없는 사람이었기 때문이다.

"반장님 관할에서 출동했었던, 사라진 환자 사건 기억 하십니까?"

"기억 하지... 그 사건을 시작으로 그 뒤로....."

김 반장의 눈이 번뜩였다. 퍼즐 조각들이 맞춰지기 시작했다. 왜 이 회장이 자기를 매수하려 했는지 이유도 알 것 같았다. 하지만 마지막 조각 하나

"그럼 네 역할은 뭐였는데?"

"저는 재령씨를 죽이라고 이 회장의 아들로부터 의뢰를 받은 사람입니다."

모든 조각들이 다 맞춰졌다. 김 반장의 예상대로 그가 이 모든 사건의 열쇠였다. 그런 그를 잡지 않는다는 것은 김 반장으로서는 도저히 납득을 할 수가 없었다.

"그럼 이제 저를 그만 쫓겠다고 약속 하시죠... 그럼 이 USB 드리겠습니다."

"그게 그렇게 쉽게 결정 할 수 있는 사안이 아닌데.."

망설이는 김 반장을 보며 그는 입고 있던 자켓을 벗어 보였다. 그러자 아직 감은 붕대 위로 피가 조금씩 배어 나오고 있는 어깨가 보였다.

"총 맞아 보셨습니까?"

"아니 맞아 본 적은 없지만..."

김 반장은 가양대교 위에서 그를 향해 발포 하던 순간을 떠올렸다.

"맞아요.. 반장님이 쏘신 겁니다.. 진짜 아픕니다.. 덕분에 죽을 뻔 했지요"

그 말과 함께 그는 테이블 위로 그의 몸에서 뽑아 낸 총알이 담긴 플라스틱 통을 올려 놓았다.

"그건... 나도 어쩔 수 없었어.. 뭐... 아무튼 그건 미안하게 됐고"

퉁명스러운 말투로 김 반장은 그에게 사과를 건넸다.

"사과를 받으려 한 건 아닙니다. 약속해 주십시오. 더 이상 저를 쫓지 않겠다고.. 이번 일 모두 정리 되고, 나재령씨만 안전해 진다면, 저도 사라질 겁니다. 김정은 경장 찌른 놈도 잡으셔야 하지 않겠습니까? 제가 그 놈 잡을 수 있도록 돕겠습니다."

"네가 왜?"

정은을 찌른 놈을 잡도록 도와준다는 그의 말에 김 반장이 되물었다.

"재령이 친구니까요"

김 반장은 아무 말이 없었다.

"그럼 약속하신 걸로 알겠습니다. 반장님"

"하.... 미치겠군."

고민에 빠진 김 반장은 깊은 한숨을 내쉬었다.

"그리고 사모님이랑 아이들은 방에서 자고 있습니다."

김 반장의 퇴근이 늦어 아내와 아이들은 먼저 잠이 든 모양이었다. 그런 줄도 모르고 그가 무슨 일을 저지른 것이라 먼저 의심을 했던 것이다.

힘든 신음 소리와 함께 그가 일어나 김 반장 쪽으로 걸어 왔다.

"그럼 저는 반장님만 믿고 이만 가보겠습니다."

김 반장은 자신의 앞을 지나쳐 현관문을 열고 나가려는 그를 불러 세웠다.

"이봐... 살아있어서 다행이네"

34화 (계획)

"이제 어떻게 할 계획이야?"

재령은 그에게 앞으로의 계획을 물었다. 하지만 그에게도 딱히 떠오르는 계획은 없었다.

"다 찾아 없애야지.. 너 힘들게 한 사람들 모두"

그의 말이 아직 뚜렷한 계획을 세우지 못했다는 뜻으로 들렸기에 그녀의 기분도 무겁게 가라 않는 느낌이었다. 언제쯤 예전의 삶으로 돌아 갈 수 있을지 짐작조차 되지 않았다.

　　- 지이이이잉

그 때 그의 핸드폰으로 전화가 왔다.

"형.. 내가 이것저것 찾아보다가 말이에요. 괜찮은 정보 일 것 같아서 전화했어요."

USB 암호를 풀었던 해커 동생이었다.

"얘기해봐"

"형이 WAK 그룹 회장 아들한테 관심이 있을 것 같아서..."

WAK 그룹이란 말에 그의 표정이 진지해 졌다.

"계속해"

"내가 WAK 그룹 서버를 심심풀이로 해킹하다가 봤는데요. 그 아들이 미국 행 비행기 티켓을 발권 했더라고요."

그의 표정이 잠시 실망감에 빠졌다

"해외 출장이라도 가나보지"

"에이 내가 그것도 모를까 봐요? 그런데 보통 출장이면, 돌아오는 티켓이든 3국으로 가는 티켓이든 티켓팅을 미리 하게 되어 있는데, 이 사람 원웨이에요. 가면 한 동안 안 돌아올 생각인 거죠"

이 회장이 눈치를 챈 것 같은 느낌이었다. 그래서 자기 아들을 미국으로 도피 시키고 상황이 진정이 되면 다시 돌아오게 할 속셈이었다.

"다른 건 또 뭐 없었어?"

"아... 이건 좀 비싼 정보인데"

그에게는 지금 정보에 대한 가격이 문제가 아니었다. 그의 마음이 급했다.

"상관없으니까 빨리 말해봐"

"회장 아들이 미국으로 출국하기 전에 VIP 거래처 대표들이랑 부산에서 파티가 있어요. 그런데 초대 받은 사람만 갈 수 있고, 초대장이 없으면 입장조차 불가해요"

이제부터 하나씩 계획을 세워나가야 할 순간이 왔다. 이 기회를 놓치면 언제까지 긴장과 불안 속에서 살아야 할지 모른다.

그는 이번에 확실하게 매듭을 지을 생각이었다.

"초대장이야.. 네가 만들어 주면 되잖아"

"아무리 내가 특출 난 놈이라고 해도 그건 어려워요"

어렵다는 말에 그의 눈썹이 미세하게 떨렸다.

"얼마면 되는데?"

"아 돈이 문제가 아니라... 초대장 디자인은 이미 내가 빼왔기는 하지만, 입구에서 초대자 명단이랑 대조를 할 텐데 초대자 명단에 추가 작업이 지금 안돼요. 초대자 명단을 관리하는 서버가 완전히 차단 된 상태에요."

무슨 말인지는 모르겠다는 표정의 그가 간단하게 되물었다.

"그래서 할 수 있다는 거야? 못 한다는 거야?"

"입장 시작 30분 전에는 서버가 열릴 거예요. 그래야 파티에 참석하는 사람들이랑 명단 대조를 할 수 있을 테니까, 아마 그 때는 접근이 가능 할 거예요."

그 뒤로 해커 동생의 설명은 대략 정리하면 이랬다.

파티에 들어가려면 WAK 그룹에서 보내온 초대장이 있어야 하며, 입구에서 초대장에 적혀 있는 이름과 초대자 명단 리스트 상에 있는 이름을 대조하여 1차 확인 작업을 진행하며, 초대장에 있는 QR 코드를 이용하여 2차 신분 확인을 한다.

그리고 초대자 명단 리스트에 이름을 올리려면 파티장에 설치되어 있는 데이터 서버에 직접 접근하여 서버를 해킹 후 명단에 이름을 올리는 방법 밖에는 없기 때문에 누가 됐든 실제 서버가 있는 곳으로 접근을 해야 한다는 것이다.

"할 수 있겠어요. 형?"

"그걸 내가 왜 해?"

"에?? 형이 아니면 누가해?"

"너도 간다.. 부산"

"에????"

전화를 끊자 그녀가 그를 빤히 쳐다보고 있었다.

"얼굴에 뭐 묻었어?"

그녀의 시선에 부끄러웠는지 그가 물었다.

"이번에는 나도 돕게 해줘.."

"놈들이 노리는 건 너야 재령아...위험해"

말리는 그의 말은 상관하지 않은 채 그녀는 뭔가 굳은 결심을 한 듯 그에게 말했다.

"언제까지 혼자 뒤에서 보호만 받을 순 없어.. 너도 그렇고 정은이도 그렇고 나 때문에 다치고, 죽을 뻔 했어. 나 때문에 일어난 일이잖아. 나도 이 일에 책임이 있다고"

그는 그녀의 심정이 어떤지 이해를 할 것 같았다. 혼자 남아 그 동안 얼마나 불안하고 무서웠을지. 자신을 지켜주려던 사람들이 쓰러져 가는 모습을 볼 때마다 얼마나 마음이 무너졌을지 공감이 됐다.

"네 책임이 아니야.. 나에게도 책임이 있고, 그리고 너 때문에 죽을 뻔 했다고, 아니 죽었어도, 널 원망하지 않아. 내가 선택한 일이야. 정은씨도 같은 마음일거라 생각해. 그러니까 너무 마음 쓰지 마"

그의 말을 묵묵히 듣고 있던 그녀가 말을 이었다.

"그래도 이번엔 절대로 너 혼자 못 보내.. 같이 해... 나도 뭔가 할 수 있게 해줘"

더는 그녀의 결심을 돌릴 수 없을 것 같다고 그는 생각했다.

"그래 알았어. 같이 해"

그의 말에 그녀의 일굴이 밝아졌다.

"그럼 뭐부터 해야 해?

그녀의 물음에 그가 대답했다

"쇼핑 하러 가자!"

35화 (쇼핑)

김영제 반장의 시름이 깊어졌다.

김 반장은 다음날 경찰서로 출근을 하자마자 그가 남겨 놓고 간 USB 의 내용을 확인했다.

그 안에 들어 있던 내용은 그가 말한 것처럼 엄청난 파장을 몰고 올 내용 들이었다.

WAK 그룹 총수 일가가 벌인 일들은 상상 그 이상이었다. 그 중 얼마 전 WAK 그룹의 계열사들을 손에 쥐고 뒤흔들었던 인물을 저격하여 청부 살해한 사건 하나만으로도 지금 당장이라도 이 회장과 그 아들에 대한 구속 영장을 발부 받을 수 있을만한 증거였다. 하지만 증거가 조작 되었을 수도 있고, USB 내용 하나만으로는 확신이 들지 않았다. 무언가 확실한 증거가 더 필요했다.

그렇지만, 이렇게 김 반장을 고민에 빠지게 한 것만으로도 그가 김 반장을 만난 목적은 달성했다.

그때 정은이 김 반장에게 보고를 하러 왔다.

"반장님 말씀하신 WAK 그룹 총수들 일정 확보 했습니다."

정은이 올린 보고서에는 이 회장 아들의 출국 일정과 그리고 부산에서의 파티 일정 등이 눈에 띄었다.

"김 경장이라면 어떻게 할 것 같아?"

김 반장이 정은에게 물었다.

"저라면... 부산에서..."

"오랜만에 장거리 출장이나 가 볼까 그럼?"

청담동의 어느 드레스샵, 재령과 그는 파티 참석을 위한 의상을 고르고 있었다.

그의 옷을 고르는 것은 그리 시간이 오래 걸리지 않았다.

사실 옷이 그렇게 중요한 것은 아니었기에 그는 대충 튀지 않고 무난해 보이는 옷으로 금세 골랐다. 문제는 그녀였다.

직원의 안내를 받고 들어간 샵 안쪽에 걸려있는 파티용 드레스들은 하나 같이 모두 예뻐 보였다.

"혹시 선호하시는 디자인 있으신가요?"

직원의 말에 그녀가 대답했다.

"아... 등만 안 보이면 될 것 같아요"

"등이요?"

그녀의 말에 직원이 되물었다.

"네... 등에 여드름이 나서... 등드름..."

"아~ 네네 그러시구나, 그러면 등 노출은 최대한 없는 디자인으로 저희가 추천 드려 볼게요"

멋쩍게 웃어 보이는 그녀를 뒤로하고 샵의 직원은 옷걸이에 추천할만한 드레스들을 하나씩 걸어 놓기 시작했다.

그녀는 우선 하얀색은 모두 제외시켰다.

"하얀색은 너무 튈 것 같아"

그렇게 한참을 그녀는 입어보기도 하고, 비교해보며 드레스를 골랐다.

그런 그녀를 그는 묵묵히 기다리고, 때론 너무 예뻐서 넋을 놓고 바라보기도 했다.

"어때?"

다른 드레스로 갈아입고 나온 그녀가 그에게 물었다.

지금 그의 눈에는 그녀가 무엇을 입었든 상관없이 그녀가 다 예뻐 보였지만, 지금 입고 나온 드레스는 그 중 가장 그녀와 잘 어울렸고, 가장 예뻤다.

"하... 이러면 반칙이지....나보고 어떻게 하라고"

그의 심장이 쉴 새 없이 나대기 시작했다. 혹시라도 그의 심장소리가 그녀의 귀에까지 들릴까 그는 신경이 쓰였다.

"이 드레스가 이번에 새로 수입해서 들어온 신상인데 저희가 봤을 때도 이게 제일 잘 어울리시네요. 정말 예쁘세요."

여기 직원들 입장에서는 입에 발린 말이겠지만, 부정 할 수도 없는 말이었다.

당장에라도 이성의 끈을 놓아 버리고 그녀에게 다가가 안고 입을 맞추고 싶은 마음을 그는 허벅지를 송곳으로 찌르는 심정으로 참아내고 있었다.

그녀도 그 드레스가 마음에 드는 눈치였지만, 끝내 그 옆에 있던 다른 드레스를 선택했다.

"예쁘긴 한데 길어서 신경 쓰이네."

"길이가 왜? 괜찮은데?"

당황한 표정으로 그가 물었다. 그가 봤을 때도 길이가 길어 보이지 않았다.

"길이가 왜요? 딱 맞춘 것 같은 길이인데, 이거 입으시고 뛰거나 하실 일 없으시잖아요?"

직원도 그녀의 반응에 의아해 했다.

"혹시 모르죠... 뛰게 될지..."

그녀가 고른 다른 드레스는 역시 그녀에게 잘 어울리고 예쁘긴 했으나, 길이감이 다른 드레스였다. 앞은 무릎 조금 위에까지 내려오고 뒤는 종아리 정도 까지 내려오는 언밸런스한 디자인이었다.

그녀는 그녀 나름대로 그곳에서 일어날 혹시 모를 상황에 대비해 움직임이 조금이라도 편한 드레스를 고른 것이었다.

"그러면 이걸로 하시겠어요?"

"네... 이걸로 할게요."

직원의 말에 그녀가 대답했다.

그래도 그녀는 내심 아까의 드레스가 아쉬운 눈치였다.

"아니.. 둘 다 주세요."

그의 말에 직원도 그녀도 놀라 그를 쳐다보았다.

"둘 다 사 아쉬워하지 말고 뭘 입을지는 그 때 가서 정하고.. 나도 아쉬워서 그래"

그녀도 아쉬움이 남았었는지 그의 말에 별다른 말을 하지 않았다.

그렇게 그 둘은 드레스 두 벌을 다 사 들고 매장을 나왔다.

36화 (부산)

부산의 바다는 언제나 시원해 보였다.

부산에 도착한 재령과 그는 해운대 근처에 있는 호텔에 방을 잡았다.

그녀의 고집 때문에 이번엔 방을 따로 잡지 않았다.

"그 때처럼 방 따로 잡지 마. 혼자 또 그러기만 해"

꼭 그녀의 말이 아니더라도, 이번엔 그도 방을 따로 잡을 생각은 없었다.

이번엔 우리가 먼저 쳐들어가는 상황이다. 그리고 밤에 해커 동생도 도착해서 같이 작전을 세울 계획이다.

호텔 방에 간단하게 짐을 풀고, 파티가 열리는 곳으로 사전 답사를 갔다.

둘은 여행을 온 커플처럼 위장을 했다. 커플티를 입고, 여기저기 구경을 하며 사진을 찍었다.

실제 사진에는 사람이 아닌 CCTV 카메라 위치와 서버를 관리하는 곳의 위치, 입구 등 이번 작전에 필요한 사진들로 가득했다.

하지만 그는 그녀 사진도 당연히 찍었다. 그는 작전을 위한 준비를 하면서도 카메라로 통해 보는 그녀 모습이 그렇게 예뻐 보일 수가 없었다.

커플티도 입고 있었기에, 그는 지금 상황을 200% 이상 즐기고 있었다.

"이 정도면 필요한 만큼 한 것 같은데?"

아직 더운 부산의 날씨에 그들은 잠시 땀을 식히러 바다가 보이는 카페로 들어갔다.

프렌차이즈 카페가 아닌 개인이 운영하는 작은 카페였다. 여기저기 아기자기한 소품들로 꾸민 실내는 오는 사람들로 하여금 예쁘다는 소리가 절로 나올 정도로 인테리어를 잘 꾸며 놓았다.

그녀 또한 예외는 아니었다. 카페 입구를 들어서는 순간부터 그녀는 예쁘다는 말을 계속하고 있었다.

"두 분 같이 여행 오셨나 봐요?"

"네"

카페 사장이 주문하는 그에게 말을 걸었다.

"두 분 되게 잘 어울리셔요."

주문을 하고 있는 그에게 카페 사장이 밝게 웃으며 칭찬을 했다.

"그래 보이나요? 고맙습니다."

그의 표정이 매우 환해졌다. 이 카페에 오길 잘했다는 생각이 들었다.

"뭐 좋은 일 있어?"

싱글벙글한 표정으로 자리에 앉는 그에게 그녀가 물었다.

"아... 아니? 그냥.. 너랑 이렇게 있는 게 좋아서"

"바보"

그녀가 새침하게 웃었다. 그런 그녀가 너무 예뻐서 그는 한동안 멍하니 그녀를 바라보았다.

저녁 시간이 되자 조금은 시원해진 부산의 날씨에 그 둘은 바닷가 바위 위에 만들어 놓은 평상에서 회를 먹기로 했다.

"역시 부산은 이거지!!"

그녀의 귀여운 외침에 그도 따라 반응했다.

"그래 이거지 이거!!"

바다를 바로 옆에서 보며 먹는 회와 소주 한잔은 세상을 다 가진 느낌이었다.

그리고 앞에 앉아 있는 천사 같은 그녀의 모습은 말로 다 설명을 할 수 없는 기분이었다.

지금까지 먹었던 그 어떤 회보다 맛있었고, 소주는 달았다. 생각보다 많은 술을 마셨다.

어느 순간 눈이 마주친 그와 그녀는 누가 먼저 했는지도 모르게 입을 맞췄다.

그의 심장이 심하게 요동 쳤다. 머리가 하얘지고 아무 생각도 들지 않았다.

이대로 시간이 멈춰 버렸으면 좋겠다는 생각뿐이었다. 잠시 둘의 입술이 떨어졌을 때 그의 팔이 다시 그녀를 더욱 강하게 끌어 당겼다. 그렇게 그 둘은 서로를 끌어안은 채 다시 한 번 입을 맞췄다.

걸어서 호텔로 돌아가는 길, 그는 그녀의 손을 살짝 잡았다. 그녀도 그의 손을 잡아줬다. 다시 한 번 둘의 눈이 마주쳤고, 사람들의 시선도 상관없이 그렇게 둘은 또 입을 맞췄다.

횡단보도 신호가 빨간 불이 들어온 그 때에도 그 둘의 입맞춤은 계속 됐다.

호텔로 돌아오는 길은 너무나 짧게만 느껴졌다.

호텔로 들어가기 전 입맞춤을 끝으로 훼방꾼이 나타났다.

"형!!! 내가 형 때문에 부산을 다 오네요."

동생 놈이 도착했다.

"그래 잘 왔냐? 이 분위기 파악 못하는 나쁜 새끼야"

괜히 심통이 난 그는 해커 동생에게 화풀이를 했다.

"왜 이래요 갑자기.. 아 뭐야 둘이 커플티에... 킁킁.... 술까지 마셨어요??"

동생의 말에 그 둘은 쭈뼛쭈뼛 말을 더듬었다.

"아...그게... 사진!! 현장 사진!! 찍을라고. 위장!! 그래 위장 한 거야!!"

"말을 왜 제대로 못해요?"

동생의 취조에 둘은 묵비권을 행사했다.

"나 빼고 둘이 술 마시니까 좋지?"

"그래 겁나 좋았다 이 나쁜 새끼야!!"

그는 조금 전까지 좋았던 분위기를 망친 동생에게 타박을 하고는 그대로 팔로 동생의 목을 걸어 호텔 방으로 끌고 올라갔다.

그 모습을 그녀는 웃으며 바라보며 따라 올라 갔다.

37화 (자각)

파티는 이틀 후 저녁 8시에 시작이다. 입장은 파티 시작 1시간 전 7시부터 입장이 시작 될 것이고, 참석자 명단을 저장하고 있는 서버는 6시 30분 전원이 들어 올 것이다.

그 때 서버를 해킹하여 접근한 후 재령과 그의 이름을 명단이 추가 시킨다. 이것이 작전의 첫 번째 단추였다.

"자 이거.."

해커 동생은 가방에서 미리 만들어 온 초대장을 꺼내어 그에게 주었다.

초대장을 열어본 그가 동생에게 물었다.

"만약에 네가 시간 안에 정보를 못 넣으면 어떻게 되냐?"

'현장을 지키고 있는 가드들이 꽤 많을 거예요. 입구에도 경비가 상당할 테고.. 끌려가겠지 뭐... 그 뒤에 일은... 별로 상상하고 싶지 않네요."

한마디로 입구에서 실패하면 그야말로 아무것도 못하고 작전 실패인 것이다.

"너의 어깨가 무겁다"

"걱정하지 마, 그럴 일은 없을 테니까. 아 참.. 누나? 누나라고 불러도 되죠?"

동생의 누나라는 말에 재령과 그는 동시에 쳐다봤다.

"어따 데고 누나야!"

"누나 좋은데 왜, 설레는데?"

역정을 하는 그와는 반대로 그녀는 좋아했다.

"그럼 누나라고 부릅니다~ 흠흠.. 누나 이름을 초대장에 넣어야 해서 이름을 어떻게 할까요?"

"나재령은 안돼 바로 놈들에게 노출 될 거야. 다른 이름을 넣어야 해"

그의 말에 다들 곰곰이 생각에 잠기길 잠시, 그녀가 재빨리 입을 열었다.

"레이나로 해줘"

"레이나 괜찮은데? 누나 이미지랑 잘 어울려"

그녀의 말에 동생도 찬성했다.

"괘...괜찮아?"

그는 혼자만 벙한 기분이었지만 다들 신경 쓰지 않는 기분이었다.

"입구에서만 쓰면 되는 이름이니까요. 그렇게 신경 안 써도 되요 형.. 그럼 레이나로 할게요. 누나"

"아... 자꾸 그 누나 소리 거슬리네."

그는 끝내 누나라는 말은 인정하지 않는 듯 했다. 하지만 그녀는 그저 그런 그의 모습에 웃기만 했다.

"오늘 찍은 사진 좀 보여줘요"

그는 동생에게 카메라를 건네주었다. 동생은 카메라를 컴퓨터에 연결하고 오늘 답사한 현장 사진을 보며 CCTV의 위치들과 서버가 있을 곳의 위치를 파티가 열리는 장소의 평면도에 표시하기 시작했다.

"아... 형... 진짜.....하...."

한숨의 쉬며 말을 차마 마치지 못하는 동생에게 그가 다가갔다.

"왜 무슨 일인데?"

그가 묻자 동생이 목소리를 낮춰 물었다.

"그렇게 좋아요? 응?"

"왜? 뭐? 뭔데?"

그의 말에 동생은 컴퓨터 모니터를 살짝 돌려 그에게 보여줬다

"어떻게... 필요한 사진 보다... 저 누나 사진이.... 더 많아요!!"

"내가... 이렇게 많이 찍었나..."

적당히 그녀 모습을 몇 장 찍는다고 한 것이 조금 과했던 모양이다. 멋쩍은 그가 헛기침을 몇 번 하고는 동생에게 알아서 필요한 것만 잘 찾아보라며 자리를 비켰다. 동생은 그런 그의 모습이 낯설기만 했다. 항상 냉정하고 감정이 없었던 사람에게서 처음 보는 모습이었다.

다음 날 동생은 아침 일찍 현장을 보러 간다며 혼자 호텔을 나갔다.

그는 그녀에게 아침을 먹으러 나가자고 했고, 그녀도 순순히 따라 나섰다.

어제의 입맞춤이 자꾸 생각나 그의 심장이 자꾸만 두근거렸다. 그의 시선이 자꾸만 그

녀의 입술을 향했다. 부드러운 그녀의 입술의 감촉이 자꾸만 머릿속에 떠올랐다. 고개를 절레절레 흔들며 애써 그녀와의 입 맞췄던 기억을 떨쳐 냈지만, 떠나지 않는 어제의 기억에 그의 심장만 거세게 요동치고 있었다.

하지만 그와는 달리 그녀는 그냥 덤덤한 것 같았고, 그녀가 아무 말이 없자 그도 어제의 입맞춤에 대해서 그녀에게 말을 꺼내지 못했다.

그렇게 둘은 아무 말 없이 조용히 호텔 조식을 먹었다.

아침을 먹고 다시 호텔 방으로 올라 온 둘은 내일 저녁 일에 대해서 각자의 역할을 생각하고 있었다.

"이제라도 힘들 것 같으면 말해.. 무리하지 않아도 돼"

그가 그녀에게 물었다. 하지만 그녀는 고개를 저었다.

"아니 할 수 있어.. 하기로 마음먹었는걸"

그녀가 내심 걱정되긴 했지만, 그래도 점점 마음이 강해지는 그녀를 보며 그도 역시 그녀에게서 힘을 얻고 그녀에게 많이 의지 하고 있다고 느꼈다.

오후가 되어 그는 다시 현장을 확인하기 위해 혼자 밖으로 나왔다.

천천히 걸어서 다녀올 생각으로 어제 그녀와 걸었던 그 길을 다시 걸었다.

어제는 그렇게 짧게 느껴졌던 그 길이 생각보다 멀었다. 그녀와 신호를 기다리던 횡단보도, 바다를 바라보며 함께 걷던 길, 그녀와 처음으로 입을 맞춘 바위 위의 평상까지, 그의 삶에서 평생 잊지 못할 기억이 되고, 또 추억이 되었다.

그의 가슴 한쪽이 아려왔다. 어제 저녁 해커 동생의 말이 그의 가슴을 파고들어왔다.

"형... 위험해요 정말... "

"뭐가?"

찍어 온 사진의 절반 이상이 그녀의 사진인 것을 본 동생은 그에게 심각하게 이야기했다.

"형이... 일반적인 삶이 가능 할 거라 생각해요?"

그도 알고 있는 사실이었고, 그 사실 때문에 너무도 마음이 힘들었던 부분을 다른 사람의 입에서 직접 들으니 더욱 가슴을 쥐어짜는 듯 했다.

"형... 잊지 마요.. 형은 킬러예요... 그리고 지금 우리가 여기 왜 내려와 있는지 생각해요. 자칫 잘못하면, 형도 위험하고, 저 누나도 위험해져.. 사적인 감정... 형한테는 사치야"

"나도 알아..."

대답하는 그의 목소리가 살짝 떨려왔다.

"형이 저 누나 행복하게 못 해줘..."

"나도 안다고 이 자식아!"

그는 동생의 멱살을 잡아 벽으로 밀어붙였다..

"이번 일만 끝나면 난... 사라질 거야..."

그는 더 이상 걸을 수가 없었다. 땅 밑에서 무언가 솟아올라 그의 발목을 계속 붙잡는 느낌이었다.

결국 그는 택시를 타고 현장으로 가야 했다. 시작도 하지 않았는데 벌써부터 모든 힘을 다 쏟은 느낌이었다.

'조금만 더 버티자'

그는 차창 밖으로 바다를 바라보았다.

창밖으로 보이는 바다가 그렇게 슬프게 느껴질 수가 없었다.

38화 (시작)

"정은씨 저에요"

그는 정은에게 전화를 걸었다.

"네 어쩐 일로 전화를 다..."

"지금 부산이시죠?"

그는 정은이 그와 같은 일로 부산에 내려 왔을 거라 생각했다.

"네 조금 전에 도착했어요. 역시 부산이시겠네요"

"네...부탁 하나만 하고 싶어서요.. 꼭 들어 줬으면 좋겠어요."

수화기 너머로 그의 부탁 내용을 들은 정은은 고민할 여지도 없이 그의 부탁을 거절했다.

"못해요 저는.. 왜 그런 말을 하는 거예요."

"정은씨 밖에 들어 줄 사람이 없어요. 그 때가 되면... 꼭..."

그의 말을 정은이 중간에 막고 말했다.

"난 못 들은 걸로 할 거예요. 그리고 다신 그런 말 하지도 마세요."

화가 난 목소리의 정은은 그대로 전화를 끊어버렸다.

다들 각자의 준비로 분주했다. 드디어 오늘 파티가 열리고, 이 사건을 뒤집을 결전의 날이다.

그는 필요한 물품들을 체크했고, 재령 역시 준비에 여념이 없었다.

"난 예약한 샵에 가서 메이크업 하고 올게"

"조심하고 ... 아 아니야 그냥 같이 가"

그녀 혼자 보내기엔 불안한 그였다.

"준비 아직 덜 끝나지 않았어?"

"아니야 다 했어. 같이 가"

그는 한 손에는 자신이 파티에 입고 갈 옷과 그녀의 드레스를 챙겨 들고 다른 한 손에는 필요한 물건들을 담은 가방을 챙겨 들었다.

"이따가 거기서 보자"

"네 그러세요. 저도 이제 슬슬 움직여야겠어요."

그는 마지막으로 동생에게도 권총 하나를 쥐어 줬다.

"다치지 마라"

"형도요.. 그리고 누나도요"

샵에 도착한 그들은 옷을 갈아입고, 메이크업을 시작했다. 그녀에 비해 빨리 준비가 끝난 그는 대기실에서 그녀가 나오기를 기다렸다.

얼마 후 대기실로 나온 그녀의 모습을 본 그는 한동안 머리를 쌔게 얻어맞은 듯 그 자리에 그대로 얼어붙었다.

"아.. 어색하다 헤헷"

그녀는 결국 첫 번째 고른 드레스를 입었다. 쑥스러운 듯이 웃으며 걸어오는 그녀의 모습은 세상의 그 어떤 언어로도 설명을 할 수 없을 것 같이 아름다웠다.

- Now I know I have met an angel in person

  And she looks perfect, no I don't deserve this

  You look perfect tonight

마침 흘러나온 Ed Sheeran 의 Perfect 이란 노래는 지금 그의 눈앞의 상황과 너무도 딱 맞아 떨어졌다.

가사처럼 사람의 모습으로 이 땅에 내려온 천사를 보는 것 같았고, 그녀는 그가 감당할 수 없을 정도로 완벽했다. 오늘 밤 그녀는 그냥 완벽했다.

"너무 예뻐..."

그의 눈에 눈물이 그렁그렁 했다.

"그렇게 예뻐?"

그의 말에 그녀가 수줍게 미소 지었다.

"아이참 우시면 안 되는데..."

메이크업 지워진다며 직원이 휴지를 가져와 그에게 건넸다.

그의 눈동자에 비친 그녀의 모습은 정말 눈물 나도록 아름다웠다.

"이제 갈까?"

그녀의 말에 그는 고개를 저었다.

"아니.. 조금만.. 조금만 이따가.. 조금만 더 보고..."

"우리 지금 안 출발하면 늦을 것 같은데?"

그녀의 말에 그가 시계를 봤다. 시간은 어느덧 여섯 시를 가리키고 있었다.

"하... 그러네... 가자 그럼"

아쉬운 마음을 뒤로 한 그는 그녀를 에스코트하여 차에 태운 후 운전석에 앉았다.

그 둘을 태운 차는 시원하게 광안대교를 건넜다.

해커 동생은 전기 시설 점검 인력으로 위장을 했다. 그리고 통제구역인 서버실로 들어가 미리 챙겨온 장비들을 서버에 설치했다. 아직까지 모든 것이 순조로웠다.

서버에 장비를 설치하고 서버실을 나가 천장의 환풍기를 열고 위로 올라갔다. 그리고는 아무에게도 들키지 않을 장소를 찾아 환풍기 통로를 기어 이동을 했다.

적당한 위치를 찾아 자리를 잡은 후 챙겨온 노트북을 켰고, 잠시 후 서버를 통해 들어오는 정보들이 노트북 화면에 올라오기 시작했다. CCTV 영상들도 올라오기 시작하여, 행사장 내부와 외부 모든 상황들이 화면을 통하여 확인 할 수 있었다.

6시 30분이 되었고 드디어 명단을 관리하고 있는 서버에 전원이 켜졌다.

서둘러 노트북을 조작하여 서버에 침투를 하기 시작했다.

7시가 조금 넘어 그와 그녀가 도착 했다.

그의 차가 도착하자 동생이 보고 있던 노트북 화면으로 차량 진입 알림이 떴다.

"어... 아직 안 되는데..."

동생은 급히 무전 연락을 했다.

"형.. 아직, 아직!"

"뭐야... 아직도 처리 못했어?"

이미 행사 안내원들이 입구 앞으로 들어온 그의 차량 운전석을 열어 주고 있었다.

그는 불안한 표정을 감추고 애써 웃으며 차에서 내렸다.

"빨리 처리해"

차를 돌아 그녀가 내릴 수 있도록 문을 열어 주면서 그는 작은 목소리로 말했다.

"형 시간 좀 끌어봐요."

둘의 대화를 재령도 듣고 있었다.

39화 (파티)

차에서 내리던 재령의 구두가 벗겨졌다.

명단 정리가 끝나지 않은 해커 동생을 위한 그녀의 시간 끌기였다.

그가 그녀 앞으로 다가와 한쪽 무릎을 꿇고, 떨어진 구두를 집어 들었다.

그녀는 살짝 발을 들어 그의 앞으로 내밀었다. 그는 최대한 천천히 그리고 살며시 그녀의 발에 구두를 신겨 주었다.

주위에 있던 사람들의 이목이 순간 그 둘에게 집중 되었다. 하지만 사람들의 눈엔 구두가 벗겨진 파트너를 에스코트하는 한 커플의 예쁜 모습으로 보일 뿐 그들을 이상하게 보는 시선은 전혀 없었다.

"형 됐어요."

다행히 그들의 명단이 서버에 올라가는 작업이 마무리 되었고, 그와 그녀는 아무런 문제 없이 입구를 통과 했다.

"너도 버벅대는 걸... 나보고 하라고?"

그가 동생을 구박했다.

"하하핫 그러게 쉽지 않네..."

무안했던 동생은 웃음으로 넘겼다.

"누나 오늘 정말 아름다우십니다. 형이 반한 이유가 있었네요.."

"고마워요"

동생의 칭찬에 그녀의 얼굴이 살짝 붉게 물들었다.

"헛소리하지 말고 일하자 일..."

그 역시 얼굴이 빨개져 괜히 또 동생 구박을 시작했다.

그녀는 그의 팔짱을 끼고 파티장 안으로 들어갔다.

VIP 들만 초대받은 파티장이라 그런지 파티장 내부는 호화스러움 그 자체였다.

서빙을 하는 직원이 전달해주는 샴페인을 한잔씩 손에 든 그들은 행사장 내부를 여기

저기 살펴보았다.

"거기 두 분 이런데 처음 온 티 너무 내지 말라고요"

동생의 질책이 시작 됐다. CCTV 화면을 통하여 그들의 움직임을 계속 주시 하고 있었다.

그 둘의 모습은 다른 여유로운 손님들의 모습과는 달리 상당히 경직 되어 있었고, 자칫 티가 나 들킬 수도 있을 것 같았다.

둘은 우선 자리에 앉기로 했다. 이미 자리에 앉아서 서로 대화를 하고 있던 사람들이 여기저기 보였기에 차라리 자리에 앉아서 최대한 의심을 살 만한 행동들을 자제하는 것이 좋을 것이라 생각했다.

"샴페인 맛있다"

자리에 앉아 들고 있던 샴페인은 한 모금 맛을 본 그녀가 말했다.

그 때 불쑥 한 남자가 말을 걸어 왔다.

"그렇죠? 맛 괜찮죠? 이게 제가 직접 회장님께 추천해서 오늘 이렇게 여러분께 대접하게 된 샴페인이랍니다."

너무 순식간에 벌어진 일이라 그는 적지 않게 당황을 했다. 앞에 있는 남자를 때려서 기절 시켜야 하나 하는 생각을 하던 그와는 반대로 그녀는 대수롭지 않게 남자와 대화를 이어 갔다.

"샴페인에 대한 안목이 대단하시네요. 저도 많은 파티를 다녀 봤는데 이렇게 저한테 딱 맞는 샴페인은 처음 맛보는 것 같아요"

그녀가 이렇게 임기응변이 뛰어나고, 말을 잘했다니 새삼 놀라운 광경이었다.

남자는 누구나 한번쯤 들어 봤을 듯 한 기업의 사장이라고 자신을 소개하며 명함을 건넸고, 재령도 가방에서 명함을 꺼내며 자신을 남자에게 소개했다.

그녀가 가방에서 꺼낸 명함은 회사 이름이 JR 홀딩스로 되어있는 명함이었고 본인은 사장 레이나라고 되었었다. 이제야 그녀가 자신의 이름을 레이나로 해 달라고 한 이유가 납득이 됐다.

"JR 홀딩스 의 레이나 사장님? 처음 들어보는 회사 이름인데.."

명함을 받아 본 남자의 고개가 약간 갸우뚱 했다.

"아마 생소 하실 거예요. 예전 WAK 그룹 세무회계 총괄을 담당하던 계열사에 있을 때 회장님이랑 개인적인 친분이 있어요. 이번에 제가 따로 나와서 새로 만든 회사라 보니 아직 모르시는 분들이 많아요. 오늘 이 자리도 회장님께서 직접 초대를 해주셨고요."

"아 그러시군요!"

그녀의 명쾌한 설명에 남자는 한 치의 의심도 없이 그녀의 말을 믿어 버렸다.

그때 멀리서 남자를 부르는 소리가 들렸고, 남자는 실례 하겠다며 자리를 떠났다.

"그건 언제 준비를 했대?"

"이런 자리 오는데 이 정도 준비는 해야지"

신기한 듯 그녀를 바라보고 있는 그에게 그녀는 싱긋 웃으며 대답했다.

그는 아무런 준비도 없이 온 자신이 부끄러울 지경이었지만, 그녀가 있어서 다행이라는 생각을 하고 있었다.

"레이나 사장님!"

건너편 테이블에서 아까 그 남자가 그녀를 불렀다. 그녀가 그를 바라보자 그는 고개를 끄덕이며 가보라 했다. 그녀는 그에게 조심하라는 눈빛을 보낸 후 건너 테이블로 향했다. 그는 건너편 무리들 속에서도 평온한 표정으로 유연하게 대처하는 그녀를 보고 새삼 그녀가 한 회사의 과장이라는 사실을 실감했다.

한 없이 약하기만 해 보였던 그녀의 또 다른 모습이 멋있어 보였고 존경심까지 생겨났다. 그렇게 그녀는 파티장에 있는 사람들과 한 명씩 일면식을 나누며 그 곳에 있는 사람들과 우호적인 관계를 쌓아가고 있었다.

"형... 누나 저래도 돼요?"

그녀를 지켜보고 있던 동생이 그에게만 무전 연락을 취했다.

"상관없어.. 차라리 이참에 여기 있는 사람들 전부 자기사람으로 만들면 좋겠네."

이제부터 작전 시작이다.

40화 (복수)

정은은 부산의 한 아파트 공사 현장에 설치 되어있는 타워크레인 위에 올라와 있었다.

김영제 반장은 정은에게 단독 임무를 부여했다.

"이번 일은 우리가 전부 움직일 수 없어. 우리 관할도 아닐뿐더러, 우리가 움직인 사실을 부산 애들이 알면 괜히 시끄러워져. 그래서 이번 임무는 김 경장 단독으로 진행해야 해"

정은의 임무는 부산에서 일이 터지기 전 가능한 그의 신병을 확보하는 것 이었다.

김 반장은 그의 부탁에도 불구하고 여전히 그를 잡을 생각이었다.

하지만 지금 정은은 저격용 총을 들고 타워크레인 위에 있었다. 정은이 크레인 위로 올라오기에는 그의 부탁이 있었다. 그리고 그의 마지막 부탁은 혹시라도 본인에게 무슨 일이 생기거나 놈들에게 붙잡히는 일이 있다면, 본인을 쏴 달라는 부탁이었다. 그 말에 정은은 질색을 하고 화를 냈다. 아직도 그의 말을 생각하면 화가 치밀어 오르려 하였지만, 정은 또한 지금의 상황을 하루라도 빨리 정리하고 재령을 일상으로 돌아갈 수 있게 해주고 싶은 마음이 더욱 컸기에 그를 도우려 크레인 위를 올랐다.

크레인 끝으로 이동한 정은은 조준경으로 파티장 내부를 바라보았다. 사방이 유리로 둘러져 있고, 수많은 조명으로 안을 밝힌 상태인지라 파티장의 모든 구역은 아니더라도 상당히 많은 구역이 조준경 안 시야에 들어왔다.

'위치 확보'

그의 핸드폰으로 문자가 들어 왔다. 정은이 저격 위치에 도착 했다는 문자였다.

그는 정은과도 연락을 할 수 있는 무전 채널을 하나 더 세팅했다.

"오랫동안 기다리셨습니다. 이제부터 행사를 시작하겠습니다. 귀빈 여러분들께서는 잠시 자리에 착석해 주시기 바랍니다."

마이크를 통하여 사회자의 목소리가 파티장 내에 퍼졌다.

행사가 시작 됐고 순서에 따라 WAK 그룹 이 회장의 인사말과 이 회장 아들의 건배 제의를 시작으로 사람들은 다시 한 데 섞여 대화를 나누며 파티를 즐기기 시작했다. 그녀 역시 그렇게 사람들 무리에 섞여 있었고, 그녀 특유의 친화력으로 장내의 사람과 친분을 만들고 있었다.

그녀는 최대한 이 회장 부자의 시야에 띄지 않도록 조심하며 사람들과 이야기를 주고 받았고, 그는 그녀가 사람들 틈에 섞이는 사이 파티장을 조용히 빠져 나왔다.

그는 화장실 앞을 지키고 있던 경호원들을 기절시키고는 화장실 한 쪽 칸에 밀어 넣고 문을 잠가 놓았다.

파티가 진행 되고 어느 정도 시간이 흐르자, 이 회장의 아들은 여러 사람들과 인사를 주고받으며 한잔, 두잔 마시기 시작했고, 인사를 나누는 사람이 많아지면서 마신 술이 점점 많아졌다. 그러자 자연스러운 생리 현상으로 인하여 화장실로 향했다.

"형 지금이에요"

동생의 신호에 따라 그도 화장실로 향했다.

취기가 올라왔는지 비틀거리며 볼 일을 보고 있던 이 회장 아들의 뒤통수에 그가 총을 가져다 댔다.

"뭐야!"

"안녕하셨습니까?"

그가 옆으로 몸을 옮기며 얼굴을 보이자 이 회장 아들의 얼굴이 사색으로 변했다.

"네....네가 어떻게"

　　-　퍽!

그가 들고 있던 총의 손잡이로 이 회장 아들의 목을 내려 쳤다.

그는 정신을 잃은 이 회장 아들을 아무도 오지 않을 듯 한 소품 창고로 끌고 가 안에 있던 의자에 앉히고 손과 발을 묶었다.

"정신 차려 이봐!"

그는 뺨을 툭툭 치며 의식을 잃은 이 회장 아들을 깨웠다.

잠시 후 이 회장 아들이 힘겨운 신음 소리를 내며 눈을 떴다.

"너 이 자식.. 여기가 어딘 줄 알고...."

　　-　퍽!

그의 주먹이 이 회장 아들의 얼굴을 가격했다.

"으윽..."

"잔말 말고 나재령 이제 그만 놓아줘"

그의 말에 이 회장 아들이 비릿한 웃음을 지으며 말했다.

"이렇게까지 할 만큼 그 여자가.. 그렇게 중요한가?.. 그 여자는 나한테 아무것도 아니야 그냥 죽여 버리면.. 크억"

말이 끝나기 전에 그가 발로 가슴을 걷어찼다. 입에서 피를 흘리는 모습을 바라보며 그가 말했다.

"그 여자 더 이상 털끝 하나라도 건드려봐 아니... 그럴 수도 없겠네... 넌 여기서 살아서 못 나갈 테니까"

그의 주먹이 다시 얼굴로 날아 들었다.

한참 동안 멈추지 않는 그의 구타에 동생이 무전기로 그를 말렸다.

"형 진짜 그러다 죽이겠어."

동생의 말을 들은 그가 내리치려던 주먹을 잠시 멈췄다.

"너... 내가 이렇게 오래 자리 비우게 되면 경호원들이 날 찾기 시작 할 거란 걸 알아야 할 텐데.."

만신창이가 된 얼굴로 피를 흘리고 있는 이 회장의 아들이 말하기가 무섭게 무전기를 통해 동생의 말이 들려 왔다.

"형 놈들이 그 쪽으로 가고 있어 빨리 나와"

"크큭큭큭큭큭 넌 이제 죽었어 이 새끼야"

무슨 상황인지 다 알고 있다는 듯이 이 회장 아들이 크큭 거리며 웃었다. 그 웃음소리에 그는 몸에 소름이 돋는 듯 했다.

사회자가 마이크를 들고 단상에 올랐다.

"자 여러분, 이제 오늘의 하이라이트! 오늘 이 파티의 최고의 주인공을 가리는 시간입니다."

파티장 내의 사람들은 모두 사회자를 주목했다.

"조금 전 다들 오늘 밤 가장 인상 깊었던 사람 한 명의 이름을 적으신 종이를 투표함에 넣으셨을 겁니다. 그리고 지금 제 손에는 오늘 가장 많은 표를 얻으신 오늘의 최고 주인공 한 분의 이름이 적혀있습니다."

매년 진행 되는 WAK 그룹의 VIP 파티에서 그날의 주인공으로 뽑힌 사람은 항상 다음

날 경영인 신문 1면을 장식했다. 그 자체만으로도 자신의 얼굴을 널리 알리고 싶어 하는 사업가들에게는 최고의 영광스러운 타이틀이었고, 자신이 이끄는 기업 이미지나 사업 확장에 엄청난 이점을 가져다주었다. 그 자리에 있는 다수의 사람들이 자신의 이름이 불려 지길 다들 속으로 바라고 있었다.

"과연 오늘 그 영광스러운 자리를 누가 차지 할 것인지! 제가! 봉투를 열어 보겠습니다."

다들 긴장하고 사회자만을 바라보고 있던 중에 그녀는 이런 광경이 너무 재미있었다.

새로운 경험을 해보았다는 재미도 있었지만, 나름 난다 긴다 하는 사람들도 저런 인기 투표에 목을 매고 기대를 하고 있는 모습들이 너무도 웃겼다.

"오늘의 주인공은 바로 이 분이군요. 그 주인공은! 60초 후에 공개 한다고 하면 여러분들 화내시겠죠?"

사회자의 말에 주위 사람들이 야유를 보냈다.

"역시 그러실 줄 알았습니다. 그럼 바로 공개합니다 그 주인공은 바로! JS 홀딩스의 레이나 사장님!"

아무 생각 없이 샴페인을 홀짝거리고 있던 그녀는 너무 깜짝 놀라 하마터면 잔을 떨어뜨릴 뻔 했다.

"축하드립니다. 레이나 사장님. 앞으로 모시겠습니다."

사회자의 부름에 잠시 얼떨떨했던 그녀는 놀란 기분을 급히 진정시키고 단상을 향해 걸어 나갔다.

한편에서는 부상으로 전달 될 트로피에 JS 홀딩스 와 사장 레이나의 이름이 레이저로 각인 되고 있었다. 하지만 그 모습을 지켜보던 이 회장은 JS 홀딩스와 레이나의 이름이 너무도 생소했다.

"JS 홀딩스 레이나가 누구야?"

하지만 이내 단상 위로 올라오고 있는 그녀의 얼굴을 보고 이 회장은 너무 놀라 주저 앉을 뻔 했다.

자신의 아들이 죽이기 위해 쫓았던 그녀의 얼굴이 지금 단상 위로 올라와 자신 앞으로 걸어오고 있었다.

"네...네가 어떻게?"

그녀가 자신에게로 한 걸음씩 다가 올 때 마다 이 회장은 저승사자 다가오는 것 같은 느낌이었다.

"안녕하셨어요. 회장님"

그녀의 인사에 이 회장은 아무런 말을 못 했다. 마침 각인이 완료 된 트로피가 단상 위로 올라왔고, 시상 도우미의 손에 들려 이 회장에게 전달되었다.

정신이 나간 사람같이 이 회장은 도우미로부터 순순히 트로피를 넘겨받은 후, 그녀에게 건네주었다.

"웃으세요 회장님, 다들 보고 있어요."

주위에 지켜보는 눈들이 그제야 신경이 쓰였고, 그녀의 말에 따라 이 회장은 애써 웃는 표정을 지으며 카메라를 향해 얼굴을 돌렸다. 여기저기에서 사진을 찍는 플레쉬가 터졌다.

파티장 안에 있는 사람들은 살얼음판 위에 있는 듯 한 두 사람의 심정은 모르고 박수로 축하를 보내고 있었다.

"USB 에 있는 내용 대단하던데요."

"설마, 너..."

그녀의 입에서 USB 가 언급 되자 이 회장은 표정 관리가 힘들어 졌다.

"지으신 죄가 있으면 벌을 받으시겠지요."

조금 전 까지 웃고 있던 그녀의 얼굴이 이 회장을 바라보는 순간 차갑게 얼어붙었다.

"조만간 그렇게 되실 거예요"

41화 (인질)

"오늘 밤 저에게 이렇게 영광을 안겨 주신 이 자리에 계신 모든 분들께 감사의 인사를 드립니다. 그리고 또한 이 자리에 설 수 있도록 해주신 회장님께도 진심으로 감사드립니다. 앞으로 WAK 그룹이 이전에 경험해 보지 못한, 그리고 그 누구도 상상해 보지 못한 그런 기업이 될 수 있기를 진심으로 기원합니다. 회장님 꼭 건강하세요."

뼈가 있는 수상 소감을 끝으로 재령은 단상을 내려갔다.

장내에는 큰 박수와 환호로 가득 찼고, 사람들은 그녀의 이름을 연호하기 시작했다

"레이나! 레이나!"

"레이나 예쁘다!"

"최고다! 레이나"

단상을 내려가는 그녀의 모습을 보며 이 회장은 자신의 비서를 불렀다.

"이 녀석은 어디 갔는지 아까부터 보이질 않아. 느낌이 안 좋아 빨리 찾아봐"

"그렇지 않아도 지금 계속 경호원들이 찾고 있는데 아직..."

이 회장은 오늘 파티를 빨리 끝내고 사람들을 나가게 해야 한다고 생각했다.

단상 위에 있던 사회자에게 더 이상의 진행을 하지 말라고 신호 한 뒤 이 회장은 마이크를 건네받았다.

"오늘 신나게 즐기셨습니까?"

이 회장의 말에 다들 기분 좋은 대답을 했다.

"오늘 저희가 마련한 파티는 여기까지 입니다. 내년에 더욱 좋은 자리를 마련하도록 하겠습니다. 오늘 참석해 주신 이 자리의 모든 분들께 감사하다는 말씀을 드리며, 이 자리를 마무리 하도록 하겠습니다. 아쉬운 분은 근처 다른 곳에서 각자 2차 하시면서 여운을 풀도록 하시면 좋겠습니다."

그렇게 이 회장은 서둘러 파티를 마무리했고, 사람들이 하나씩 자리에서 나가기 시작했다.

사람들과 같이 파티장을 빠져 나가려던 그녀 앞에 큰 덩치의 사내가 앞을 막아섰다.

"It is good to see you again lady"

그녀의 얼굴이 하얗게 질렸다. 그 큰 덩치의 사내는 바로 소화기 사내였다.

그는 이 회장 아들을 일으켜 세웠다. 그리고 머리에 총을 댄 채 그를 끌고 창고 문을 열고 나왔다.

이미 경호원들이 총을 꺼내 들고 문 앞에 몰려들어 있었다.

"허튼 짓 하지 마. 물러서!"

그의 말에도 경호원들은 겨눈 총을 내리지 않고 있었고, 한 발자국도 물러서지 않은 채 그를 계속 노려보고 있었다.

"형... 큰일 났어... 누나가...."

동생으로부터 그녀가 놈들에게 잡혔다는 말이 들렸다. 그리고 얼마 뒤

"이 여자 살리고 싶으면 내 아들 데리고 와 쓸데없는 짓 할 생각 하지 말고"

이 회장의 목소리가 무전기로 들렸다. 그녀가 귀에 끼고 있던 무전기를 빼앗아 이 회장이 말을 하고 있었다.

그는 이 회장 아들을 인질로 잡은 상태로 파티장으로 천천히 이동했다. 그를 둘러싼 경호원들도 그의 걸음에 맞추어 한 발자국씩 뒷걸음질로 이동했다. 그 곳에는 그녀가 역시 인질로 잡혀있었고 그녀의 뒤에는 소화기 사내가 그녀 등에 총을 대고 있었다.

이 회장은 그에게 맞아 피 칠갑을 하고 있는 아들을 보자 피가 거꾸로 솟는 기분이었다.

"네 놈이 감히 누구한테 손을 댄 거야!"

분노에 찬 이 회장의 목소리가 공간에 울렸다.

"그러는 회장님께서는 누구한테 손을 대시는 겁니까?"

차가운 그의 말에 이 회장이 이를 갈았다.

"그 여자 돌려주십시오. 그리고 더 이상 이 여자 괴롭히지 말아 주십시오. 그러면 저희도 더 이상 회장님 삶과 WAK 그룹에 개입하지 않겠습니다."

"지금 나한테 협박 하는 건가?"

"협박이 아니라 제안입니다. 더 이상 일을 크게 만들지 말자는..."

그의 말에 이 회장이 냉소를 지으며 말했다.

"제안이라... 그런 건 말이야.. 네 놈의 위치가 나보다 위에 있을 때나 하는 것이지.. 지금 네 놈이 나를 상대로 거래를 제안할만한 위치에 있다고 생각하는 겐가?"

"안 그래 보이십니까? 당신 아들이 죽습니다."

이 회장의 얼굴에 씁쓸한 표정으로 말했다.

"이깟 여자 하나 제대로 처리 못해서 일을 이 지경까지 만든 아들? 그런 무능한 놈을 내가 아들이라 하겠나?"

"아버지!!"

이 회장 아들은 자신의 아버지 입에서 나온 말을 차마 믿을 수가 없었다.

"그럼 선택의 여지가 없군요."

그는 주머니에서 수류탄을 하나 꺼내어 핀을 뽑았다. 순간 주위의 모든 사람들이 놀라 조금씩 뒷걸음을 쳤다.

"여기서 다 같이 죽는 겁니다."

이번 상황만큼은 이 회장도 적잖이 당황했다.

그와 그녀의 눈빛이 마주쳤다.

"우린 여기까지인가 봐.. 고마웠어."

"나도.. 고마웠어."

그녀의 말에 그도 고마웠다는 말로 대답을 했다. 그런 그 둘의 모습을 보는 이 회장의 머릿속이 더욱 복잡해졌다. 이미 죽기로 결정한 듯 한 둘의 대화와 그의 손에 들려 있는 수류탄이 겹치며, 지금 이 상황이 단순한 협박이나 거짓이 아닌 것이라 믿었다.

"빨리 선택 하십시오. 어서!! 재령씨 보내 주십시오. 안 그러면 정말 다 죽는 겁니다."

잠시 생각에 잠겼던 이 회장이 그녀를 붙잡고 있는 소화기 사내를 향해 말했다.

"여자 보내"

그리고 그를 향해 다시 말을 했다.

"여자는 보내주지.. 단 네가 남아"

그의 눈빛이 잠시 잠깐 흔들렸다.

"안돼 그러지마"

자신을 보내고 남으려 하는 그의 마음을 알았는지 그녀가 소리쳤다.

그녀를 보내고 자신이 남게 된다면, 결코 살아남을 수 없을 것이다. 그도 그 사실을 알고 있었고, 그럼에도 불구하고, 그녀를 지키기 위해 그는 남기로 결정을 했다.

"꼭 무사해서 내 몫까지 잘 살아"

"무슨 말을 그렇게 해 같이 가야지"

그의 말에 그녀는 고개를 흔들며 말했다.

"이거 무슨 로미오와 쥴리엣도 아니고.. 빨리 결정해 시간 없다고"

이 회장의 말에 그는 이 회장의 아들을 잡고 있던 손을 놓았다.

이 회장의 아들은 기운 없는 걸음으로 터덜터덜 자신의 아버지가 있는 곳으로 걸어가기 시작했다.

"어서 재령씨 보내"

그의 말에 이 회장이 소화기 사내에게 눈짓을 보냈고 그녀는 그에게 달려왔다.

"다친 데 없어?"

그의 말에 그녀는 고개를 끄덕였다.

그는 한 손에는 여전히 수류탄을 든 채 천천히 문 쪽으로 뒷걸음질 쳤다.

"도망칠 생각 하지 않는 게 좋을 거야"

"그럴 생각 없습니다."

그는 문을 열고 그녀만 내 보냈다. 그도 같이 그녀를 따라 함께 문 밖으로 나가 도망 쳤다간, 놈들이 뒤를 쫓아 쏟아져 나올 것이다. 그렇게 된다면 그녀를 지켜낼 수 있을 거란 자신이 없었다.

"최대한 멀리 도망가"

"너는?"

"어서 가"

그 말과 함께 그는 문을 닫아 버렸다.

닫혀 버린 문은 한 동안 망연자실 한 듯 바라보던 그녀는 그의 차가 있는 곳으로 달리기 시작했다.

"이렇게 까지 날 곤란하게 만든 건 네 놈이 처음이야"

이 회장을 중심으로 경호원들이 총을 들고 그를 포위하기 시작했다.

42화 (고립)

"날 그냥 죽이면 안될 텐데... 그 USB 세상에 알려져도 되겠어?"

그녀가 밖으로 나가자 그도 이 회장에게 더 이상 격식을 차리지 않았다.

"내가 이대로 죽으면 USB의 내용 각종 언론사, 그리고 검찰, 경찰에 뿌려질 거야. 감당이 되겠어?"

"그까짓 거 나를 모함하기 위한 거짓 정보라고 입 막으면 문제 될 거 없지 내가 그것도 못 할 샌님으로 생각하는 건 아니겠지? 경찰, 검찰, 그리고 그 윗대가리에 윗대가리, 또 그 윗대가리에 윗대가리까지 내가 들어 놓은 보험이 없을 것 같나?"

이 회장의 반박에 그는 입술을 깨물었다.

"그런 방법이 있으면서, 왜 그렇게 그녀를 죽이려 쫓은 거지?"

그의 물음에 이 회장이 비릿한 웃음을 지으며 대답했다.

"보험 처리 하려면 귀찮잖아"

"사람 목숨이 그만한 가치조차 없다는 말인가..."

USB를 빌미로 협박을 하려 했으나 통하지 않았다. 이제는 정면 돌파 밖에 없어 보였다.

"네 놈이 목숨의 가치를 논하다니... 아이러니 하구만..."

이 회장이 그를 비웃으며 말했다.

마침 정은의 무전 소리가 그의 귀에 들려왔다.

"타겟 조준 완료"

"쏴요"

- 피슉

창문을 깨고 날아온 총알은 그대로 이 회장 아들의 가슴을 관통했다.

동시에 그는 들고 있던 수류탄을 이 회장의 앞으로 던졌고 파티장 안에 있는 테이블 뒤로 몸을 날렸다.

한 순간에 그곳은 아수라장이 되었다.

떨어지는 수류탄을 보며 다들 몸을 날려 엎드리기에 바빴고, 그 와중에도 몇몇 경호원은 몸을 날려 수류탄 위로 몸을 덮어 자신의 임무를 끝까지 다하는 사람도 있었으며 몇몇은 그를 향해 총을 쏘는 사람도 있었다.

총알 중 몇 발은 그의 팔과 옆구리를 스쳐 지나갔다.

정은은 조준경 안의 시야에 들어오는 놈들에게 계속해서 총알을 박아 넣고 있었다.

아수라장이 된 혼란을 틈타 그는 서둘러 문을 열고 밖으로 뛰어 나왔다. 비록 팔과 옆구리에 피가 흐르기는 했지만 움직이는 것에는 문제가 없었다. 아직 수류탄이 터지지 않은 상황이었고, 계속해서 정은이 쏘고 있는 총알이 날아들고 있는 상황이라 그를 쫓아 밖으로 나오는 사람은 아무도 없었다.

하지만 그의 앞에 소화기 사내가 길을 막아섰다.

재령이 밖으로 나가는 순간 그녀를 따라 나갔다가 미처 그녀를 따라 잡진 못한 듯 보였다.

그와 소화기 사내는 거의 동시에 총을 꺼내 들었으나 또 거의 동시에 서로의 총을 반대편 손으로 쳐 냈다.

무기를 놓친 둘의 육탄전이 시작 됐다.

서로의 공격을 막아내던 중 그의 주먹이 사내의 얼굴에 명중했다.

사내는 바닥에 쓰러졌고, 몸을 일으키며 입술에 흐르는 피를 닦아냈다. 그리고는 발목에 차고 있던 단도를 꺼내 들었다.

"아이 새끼 그건 반칙이지"

칼을 본 그가 작게 중얼거렸고, 곧 사내가 달려들었다.

사내가 휘두르는 칼이 수차례 허공을 갈랐다.

그는 날아오는 칼을 피하면서 사내의 빈틈을 노렸지만, 사내의 칼 휘두르는 솜씨가 보통이 아니었다. 빈틈을 찾기는커녕 당장 날아오는 칼을 피하기에 급급했다.

결국 여러 차례 사내의 공격을 피하던 그의 팔에 사내의 칼이 그어졌고, 사내의 발에 차여 바닥에 쓰러졌다.

"크윽"

넘어진 그가 팔을 움켜쥐자 손가락 사이로 피가 새어 흘렀다.

사내의 입 꼬리가 올라가는 것이 보였다. 자기가 이겼다고 확신하는 것 같았다.

"No more fire extinguisher"

그의 무전기를 통해 들린 사내의 목소리에 정은의 눈이 번뜩였다.

"소화기?"

계속해서 시야에 들어오는 파티장 안에 있는 놈들에게 총알을 박아 넣고 있던 정은은 총구를 돌려 로비에서 싸우고 있는 그와 사내를 향해 가늠자를 조절했다.

천천히 그에게 다가오던 사내가 칼을 치켜 올리는 순간, 그가 한쪽 무릎을 땅에 대고 일어나면서 다가오는 사내의 얼굴을 향해 손에 묻은 피를 뿌렸다.

얼굴에 뿌려진 피가 사내의 시야를 가렸고 그는 그대로 사내의 가슴을 발로 찼다.

발에 걷어차인 사내가 뒷걸음질 치며 뒤로 밀려났고, 정은의 조준경 안으로 들어왔다.

"잘 가라 이 개자식아"

정은의 말과 함께 방아쇠는 당겨졌고, 총알은 정확히 사내의 머리를 관통했다.

그렇게 정은은 자신을 찌른 놈에 대한 복수를 했다.

그때 정은이 위치해 있는 크레인에 총알이 날아들었다.

총알은 크레인 구조물에 맞아 튕겨 나갔으나 정은은 위치를 옮겨야 했다.

두 번째 총알이 정은에게 날아들었고, 그의 눈에 섬광이 확인 됐다.

정은의 다급한 무전이 들려 왔다.

"저격수가 있어요. 위치 이동 할게요"

"정은씨 8시 방향 빌딩에서 섬광 확인했어요. 빨리 이동 먼저 해요"

정은은 크레인 구조물에 급히 와이어를 묶고 아래로 뛰어 내렸다.

세 번째 날아온 총알은 정은이 매달린 와이어를 정확히 맞췄다.

와이어가 끊어지면서 정은이 바닥으로 떨어졌다. 다행히 정은이 와이어를 묶기 전부터 크레인을 반대편 건물 옥상으로 돌리기 시작했기에 와이어가 끊어진 순간에는 크레인이 반대편 건물 옥상 위 상공에 거의 도착한 때였다. 그래도 상당한 충격이 정은에게 전해졌다.

다리를 절뚝거리며 정은은 재빨리 몸을 숨겼다.

"위치 다시 잡을게요."

정은이 무사한 것을 확인한 후 위치를 이동하려던 그에게 총알이 날아왔다.

총알은 그대로 그의 어깨를 관통했다.

"아악"

총에 맞은 그의 비명 소리와 쓰러지는 소리가 무전기를 통해 정은과 동생에게 전달 됐다.

"형!! 형!! 대답 좀 해봐요!! 형!!"

그는 움직이기 힘들었지만, 그래도 서둘러 기둥 뒤로 기어가 몸을 숨겼다.

"하...맞은편 빌딩... 빨리 저격수... 위치 찾아"

동생은 서둘러 미리 준비해 두었던 드론을 공중에 띄웠다.

드론은 맞은편 빌딩에 빠르게 접근해 촬영한 동영상을 실시간으로 동생의 노트북에 전송 했고, 노트북 화면상에는 자동으로 해당 건물의 층수가 보였다.

잠시 뒤 건물을 따라 올라가던 드론의 카메라에 총을 들고 있는 저격수의 모습이 잡혔다.

드론을 발견한 저격수는 곧바로 총을 쏴 드론을 떨어뜨렸다.

"아...씨.. 비싼 건데..."

하지만 이미 위치는 확인 된 뒤였다.

"형 17층에 있어요."

동생의 말에 그가 힘겹게 정은에게 말을 전달했다.

"정은씨.. 아까 말한 빌딩 17층.."

하지만 이미 많은 높이를 내려온 정은에게는 저격수의 위치가 확인 되지 않았다.

"시야 확보가 안 돼요."

"하.... 제길"

그에게 좌절감이 몰려왔다.

이대로 더 움직일 수도 없었다. 움직이면 상대 저격수에게 속수무책으로 당할 것이었다.

눈앞이 캄캄하고 막막했다.

얼마 후 여러 발의 총성이 울렸다.

총성이 잦아지고 정은의 핸드폰으로 재령의 발신자 번호가 떴다.

"언니? 어디야 지금?"

"나? 여기 17층"

43화 (도움)

재령은 주차장으로 달려 그의 차를 타고 밖으로 빠져 나왔다.

그리곤 얼마 가지 않아 동생에게 전화를 걸었다

"우왁 깜짝이야 누나 괜찮은 거죠?"

"나... 이렇게 혼자 못 가요... 내가 도울 수 있는 거 말해줘요"

그녀는 절박했다. 이대로 자신만 돌아갈 수는 없었다.

"너무 위험해요 누나"

"언제는 안 위험했어요?"

동생은 마지못해 지금 처한 고립 상황과 상대 저격수의 위치와 사진을 그녀에게 전달해 주었고 그녀는 곧장 맞은편 빌딩으로 차를 몰았고, 17층으로 올라갔다.

17층에 도착한 그녀의 맞은편으로 동생이 보내 준 사진 속 인물과 동일한 인물이 기타 가방을 매고 그녀를 향해 걸어오고 있었다. 저 기타 가방 안에 분명 총이 들어 있을 것이라고 그녀는 생각했다.

위치가 노출 된 상대 저격수도 위치를 옮기던 중이었던 것이다.

긴장한 그녀의 심장이 심하게 요동쳤다.

"아 저.. 길 좀 물어 볼게요"

심호흡을 크게 하고 그녀는 다가오는 상대에게 말을 걸었다.

"Sorry I am stranger here"

상대는 걸음을 멈추지도 않고 대답을 하며 그녀를 지나쳐 계속 걸어갔다.

"이봐요!"

그녀가 다시 상대를 불렀다. 가던 길을 멈춘 상대 저격수가 몸을 돌려 그녀를 바라보았다.

다시 바라본 그녀는 어느새 가방에 있던 총을 꺼내 들고 서 있었다.

상대 저격수가 대응을 하기 위해 총을 꺼내려 하였지만, 그녀가 훨씬 빨랐다.

- 탕!

그녀는 주저 없이 방아쇠를 당겼다. 방아쇠를 당겨야 하는 순간에는 절대 주저 하지 말라는 그의 말이 떠올랐다.

그녀의 총에서 떠난 총알은 그대로 상대의 가슴에 박혔다.

미처 총도 꺼내지 못한 상대는 그대로 쓰러져 피를 토해내고 있었고, 그녀가 다가와 몇 발의 총을 더 발사했다.

긴장이 풀어진 그녀가 바닥에 털썩 주저 않았다. 그녀의 손도 심하게 떨렸다.

떨리는 손으로 재령은 정은에게 전화를 걸었다.

"언니? 어디야 지금?"

"나? 여기 17층.. 부산에 왔으면 언니한테 먼저 연락을 해야지~"

그녀 혼자 저격수를 처리 했다는 말에 정은은 한동안 말을 잇지 못했다.

우선 정은은 아직 기둥 뒤에 몸을 숨기고 있을 그에게 연락을 했다.

"저격수 처리 됐어요.. 언니가.. 처리했어요.."

그의 역시 어안이 벙벙했다.

"재령이가? 재령이가?? 재령이가??? 재령이가????"

"한 번만 더 물어보면 쏴버릴 테니까... 자초지종은 이따가 직접 묻고 빨리 빠져 나오세요"

정은의 살벌한 농담에 그는 정신을 차리고 기둥 뒤에서 나왔다.

그 때 동생이 물었다.

"형 근데 수류탄 왜 안 터져요?"

"아... 그거 가짜야... 내가 진짜 수류탄을 어디서 구해"

총격이 멈추고, 수류탄도 터지지 않는 가짜라는 것을 알아차린 경호원들이 로비로 쏟아져 나오기 시작했다.

그 모습을 본 그가 전력으로 출구를 향해 달렸다.

이 회장은 숨이 끊어진 아들을 부둥켜안고 눈물을 흘리고 있었다. 아들에게 모질게 대했던 이 회장이었으나, 정작 아들의 죽음 앞에서는 마음이 무너져 내린 어쩔 수 없는 아버지였다.

"그 놈들 다 잡아 죽여!"

이 회장의 절규가 한동안 계속 됐다.

44화 (질주)

출구로 달리는 그의 뒤로 경호원들이 뒤쫓아 달려왔다.

날아오는 총알들은 간발의 차로 빗나가고 있었고, 그는 건물 기둥 사이를 오가며 총알을 피해 계속 달렸다.

출입문을 겨우 빠져 나왔을 때 그의 눈에 낯익은 차가 달려오는 것이 보였다.

재령이 끌고 갔던 자신의 차였다.

"왜 아직 여기 있어??"

"그냥 빨리 타"

창문을 내리며 그녀가 소리쳤고, 그가 손잡이를 당겼으나 차문이 열리지 않았다. 당황한 그녀가 허둥대는 모습이 보였고, 이제 막 출구를 빠져 나오는 놈들의 모습이 보였다.

"열림 버튼~"

"아!!!!"

그녀가 열림 버튼을 누르자 잠겨있던 차 문이 열렸다. 그가 차에 올라타자마자 그녀는 서둘러 그곳을 빠져 나갔다.

"하아.. 하아.. 하아.. 재령이가... 나 살렸네.."

"거봐... 나 없으면 어떻게 살래?"

자리에 앉은 그의 숨소리가 거칠었다. 총에 맞은 곳과 칼에 베인 곳에서 피가 계속 흘렀다.

그는 손수건을 꺼냈다. 예전 그녀가 피나는 그의 팔을 지혈해줄 때 묶어 주었던 손수건이었다.

지금 또 그 손수건은 그의 팔을 지혈하기 위해 묶였다.

"이 손수건은 피에 참 많이 젖네..."

씁쓸한 말과 함께 그가 간단히 지혈을 하고 한숨 돌리려는 순간 차로 총알이 날아들었다.

놈들이 뒤를 쫓아오며 총을 쏘기 시작한 것이다.

"지금처럼 계속 운전해줘"

그는 그녀에게 운전을 부탁하고는 창문을 열고 상체를 밖으로 내밀었다. 그리고는 따라오는 차를 향해 총을 쏘며 대응했다.

바로 뒤에 따라오며 총을 쏘던 차의 운전사 가슴에 총알이 박히며 차는 그대로 가로등을 들이 받았다.

그는 좌석으로 돌아와 총의 탄창을 바꾸며 뒤를 살폈다.

몇 대인지 정확히 알 수 없었지만 여러 대가 계속 쫓아오는 것이 보였다.

재령은 날아오는 총알을 피하며 이리저리 차를 몰았다.

진입하는 교차로에서 그녀는 급히 차를 우측으로 방향을 바꿨다. 차 뒷바퀴가 스르르 미끄러지며 자연스럽게 차의 자세가 잡아졌다.

뒤따라오던 놈들의 차량 중 한대가 미처 방향을 바꾸지 못하고 미끄러지며 마주 오던 차와 충돌 했다.

"운전 누구한테 배운 거야?"

"이 정도는 기본이지"

그녀는 절정의 운전 솜씨를 뽐내며 놈들을 하나씩 따돌렸다.

"빨간 불!! 빨간 불!!"

그의 다급한 외침에도 그녀는 눈 하나 깜짝하지 않고 더욱 속도를 올렸다.

신호등은 빨간 불이었고 교차로 좌우에서 차량들이 진행하고 있었다.

그녀가 운전하는 차가 빠른 속도로 교차로에 진입했고 간발의 차이로 충돌을 피하며 교차로를 통과했다.

하지만 뒤따라오던 놈들의 차량은 미처 교차로를 통과하지 못하고 계속해서 충돌하는 소리가 들렸다.

"으아아아..."

그의 혼이 나간 듯 한 신음소리가 들려왔다.

그와 반대로 그녀는 아드레날린이 솟구쳐 오르는지 아주 신이 난 표정이었다.

"아까 저격수 처리 못할 때 보다 지금이 더 무서웠어...."

"무서웠쪄?"

이런 상황에서도 그녀의 애교 섞인 목소리에 그의 마음이 한 순간에 무너져 내렸다.

"웅웅 무서워쪄"

그녀의 말투를 따라 하고 있는 자신의 모습에 신기해하던 찰라 아니나 다를까, 그의 무전기로 정은의 한숨 소리가 들려왔다.

"하아.. 진짜 못 들어 주겠네.. 두 분 지금 뭐 하는 거예요?"

"아.. 참.. 정은씨가 듣고 있었네."

정은은 그에게 아직 쫓아오고 있는 차들이 있다고 알렸다.

"다음 교차로에서 측면에 붙는 차량 조심하세요."

정은의 시야에 무서운 속도로 접근하는 차량이 보였다. 마치 그 속도 그대로 둘의 차량과 충돌하려 하는 듯 보였다.

정은은 총을 들어 접근하는 차량의 운전석을 조준했다.

접근하는 차량이 교차로에 진입하기 전, 정은이 발사한 총알이 먼저 운전석 유리를 뚫었다.

차량은 방향을 잃고 그대로 길가 버스 정류장을 들이 받고 멈춰 섰다.

그리고 얼마 뒤 그녀와 그가 탄 차량이 교차로를 통과 했다.

"이제 제 시야 밖으로 나가셨어요. 저도 이동하고 연락 할게요"

"알았어요. 몸조심해요."

정은의 시야에서 그녀와 그가 탄 차량은 사라졌다. 정은도 총기류와 장비들을 가방에 정리하고 건물 옥상 문을 열었다.

그 순간 정은의 앞에 누군가 나타났고, 정은은 그대로 정신을 잃었다.

45화 (위기)

재령과 그는 어느 하천 다리 밑에 차를 세웠다.

놈들을 따돌리고 잠시 쉬었다가 움직일 생각이었다.

다리 위에는 여러 대의 경찰차 사이렌 소리가 요란하게 울리며 지나가고 있었다.

긴장이 풀어지자 그녀도, 그도 피곤이 몰려 왔다.

"너무 힘든 하루야.."

그녀가 적막했던 차 안의 침묵을 깼다.

"다시는 널 못 볼 거라 생각했어."

그의 말에 그녀의 마음이 울컥했다.

"나 혼자 두지 말라니까... 또.... 그랬어, 그렇게 혼자 죽어버리면 난 어떻게 하라고..."

그녀의 목소리가 약하게 떨렸다. 그런 그녀의 말을 들은 그는 진심으로 그녀에게 미안했다.

"미안해... 그 땐 그게 널 지킬 수 있는 최선이라고 생각했어.."

"진짜 나빴어."

토라진 그녀의 모습을 그는 말없이 바라보았다.

그 때 그의 전화로 정은에게서 전화가 왔다.

"정은씨 지금 어디에요?"

하지만 전화를 건 사람은 정은이 아니었다.

"너 이 자식 내가 널 어떻게 죽여줄까? 어? 최대한 고통스럽게 죽여줄 거야"

분노에 가득 찬 이 회장의 목소리가 수화기 너머로 들렸다.

"정은씨 어디 있어?"

이 회장은 대답대신 정은의 배를 주먹으로 쳤다. 수술한 부위가 완전히 아물지 않았기에 정은은 고통스러운 비명을 질렀다.

"아아아악!"

"그만둬"

이 회장은 대답대신 정은에게 다시 주먹을 날렸다.

한 번 더 귀를 찢을 듯 한 정은의 비명 소리가 들렸다.

"너 이 새끼 내가 기필코 죽인다."

정은의 비명 소리에 그가 이를 갈며 말했다.

"그렇게 흥분하면 지금 누가 불리할까? 응? 이 여자 죽어 나가는 꼴 보고 싶지 않으면 나재령인지 뭔지 하는 여자 데리고 빨리 오는 게 좋을 거야".

"오지 마!! 아아아악"

정은의 절규에 이 회장은 한 번 더 정은에게 주먹을 날렸고 그 소리를 그는 어금니를 꽉 깨문 채 듣고 있었다.

"간다... 갈 테니까 제발 그만둬"

"주소 보낼 테니 그리로 와. 빨리 오는 게 좋을 거야. 날 기다리게 하는 대가는 작지 않거든"

통화를 끝내자 조금 뒤 문자로 주소 하나가 전송 됐다.

그가 그녀를 바라 봤다.

"아니 안돼, 나도 같이 가.. 안 그러기로 했잖아!"

그가 무슨 말을 하려는지 눈치 챈 그녀가 눈물이 그렁그렁한 얼굴로 소리쳤다.

"미안해, 그래도 나는 널 지켜야 돼 내가 죽는 한이 있더라도 널 위험하게 할 수는 없어"

그는 그녀에게 사과하며 콘솔 박스에서 작은 주사기를 하나 꺼내 그녀의 팔에 찔렀다.

"조금만 쉬고 있어"

"나빠... 진짜..."

주사기의 약이 들어가자 그녀는 스르르 눈이 감기며 잠이 들었다. 감은 눈에서 눈물이 흘러 내렸다. 그는 그녀의 얼굴에 흐르는 눈물을 닦아 주며 잠시 동안 그녀의 얼굴을 바라보았다.

"보고 싶으면, 이제 어떡하지? 네가 너무 보고 싶으면, 나 어떻게 해야 해?"

이젠 정말 다시 못 볼 것 같은 예감이 들었다.

그는 잠든 그녀의 이마에 살며시 입을 맞췄다.

"미안해, 내가 너 좋아해... 그러면 안 되는 줄 알면서도... 그렇게 됐어.. 내 마음이 자꾸 널 향해...미안해, 내가 널 너무 많이 좋아해서... 정말 미안해"

그의 얼굴을 타고 눈물이 흘렀다.

얼마 뒤 그는 동생을 불러 오게 했고, 이 회장이 전달한 주소로 태워다 달라고 부탁했다.

"누나 저렇게 두고 가도 돼요?"

"지금은 저기가 그 어디보다 안전해"

그의 차가 보이지 않을 때까지 그는 계속 뒤를 바라보았다.

동생이 운전하는 차를 타고 이동하며 그는 어딘가에 전화를 걸었다.

"접니다."

"아주 부산이 난리가 났던데... 네 작품이야?"

그가 전화를 한 사람은 김영제 반장이었다.

"부탁드릴 일이 생겼습니다."

"나한테 부탁이 너무 많은 것 같다고 생각 안 들어?"

"안 들어 주셨지 않습니까."

그는 김 반장이 정은을 시켜 본인을 잡을 계획이었다는 사실을 알고 있었다.

"그건!! 내가!!"

김 반장은 차마 그의 말에 반박을 하지 못하고 말을 돌렸다.

"그래서 부탁이 뭔데?"

"지금 정은씨 목숨이 위험합니다. 도와주십시오. 저 혼자서는 어렵습니다. 반장님 도움이 필요합니다."

정은의 이야기를 들은 김 반장의 목소리가 진지해졌다. 그리고 한 편으로는 어이가 없었다.

살인 용의자가 경찰을 살려달라고 경찰에게 도와 달라는 상황이라니.

"위험하다니 그게 무슨 소리야?"

그는 최대한 정은의 입장이 곤란하지 않은 선에서 김 반장에게 지금까지 있었던 일들을 이야기 했다.

"그래서 지금 김 경장이 WAK 이 회장 손에 잡혀서 죽을 위기다?"

"네 맞습니다."

그는 아직도 자신의 말을 믿지 못하는 듯 한 김 반장에게 조금 전 이 회장과의 통화가 녹음 된 파일을 들려 줬다.

"이런 개자식이...."

김 반장의 욕설이 수화기를 통해 들려 왔고, 분노 섞인 말투로 그에게 물었다.

"그래서 계획이 뭐야?"

46화 (장치)

그는 이 회장이 알려준 주소에 도착 했다.

그곳은 주변에 인가는 하나도 없는 바닷가에 위치한 폐 창고였다.

이곳에서는 사람이 아무리 살려 달라 소리를 질러도 누구도 듣지 못 할 것 같았다.

"수고 많았다. 이제 그만 가봐 고마웠다"

그는 고생한 동생에게 작별 인사를 했다.

"형... 죽지 마!"

"또 볼 수 있으면, 또 보자"

동생을 떠나보내고, 그는 희미하게 불빛이 새어 나오고 있는 창고 앞으로 걸어갔다.

그가 문을 열어젖히자, 문이 열리는 소리에 안에 있던 이 회장과 수하들의 시선이 일제히 그에게 집중 됐다.

그의 모습은 이미 처참했다. 옷은 온통 피투성이였고, 팔과 어깨에서는 계속 피가 흘러 나오고 움직이지 못해 거의 쓰지 못하는 상태였다. 그런 그의 몰골을 쳐다보고 있는 놈들의 얼굴에서 그를 무시하는 듯 한 표정이 보였고, 한 편에서는 그를 비아냥대는 듯 한 실소가 들려오기도 했다.

그는 천천히 안을 둘러보았다. 듬성듬성 무리를 지어 앉아 있는 놈들이 보였고, 그 가운데 이 회장이 서있었다. 그리고 이 회장의 뒤로 두 손과 두 발이 묶이고, 목에 밧줄이 감겨 있는 정은의 모습도 보였다.

정은의 목에 감긴 밧줄은 그대로 천장으로 올라가 도르래 두 개를 지나서 다시 아래로 내려왔고, 그 밧줄의 반대편 끝에는 커다란 자루가 연결 되어 있는 무엇을 하려는 것인지 이해하기 힘든 장치가 되어 있었다.

"나재령 그 여자는 어디 있어?"

이 회장이 혼자만 들어오는 그를 향해 물었다.

"내가 가진 패를 다 보여 줄 순 없잖아? 당신과 나 사이에 일이야 정은씨는 이제 그만 풀어줘"

"패기 하나는 인정하지... 하지만 패기가 과하면 객기 일 뿐..."

이 회장은 옆으로 고개를 돌려 고갯짓으로 신호를 보냈다.

그러자 정은의 옆에 있던 놈 중 하나가 모래가 가득 남겨 있는 자루에 칼로 구멍을 냈다.

구멍이 난 자루에서 쏟아지는 모래는 정은의 목에 묶인 밧줄 끝의 큰 자루에 담기기 시작했다.

모래가 조금씩 자루에 담아지자, 정은의 목에 묶였던 느슨했던 밧줄이 조금씩 당겨지기 시작했다.

"뭐 하는 짓이야..."

그 광경을 본 그가 당혹함을 감추지 않은 채 이 회장에게 물었다.

"아... 모래시계랑 저울을 보고 생각해본 거야... 과연 저 여자가 얼마나 버틸까?"

말을 하는 그 동안에도 모래는 계속해서 자루 속으로 쏟아지고 있었고, 자루에 점점 모래가 채워질수록 정은의 목에 묶인 밧줄은 천장을 향해 당겨졌다.

정은의 몸무게보다 자루에 담긴 모래의 무게가 무거워지는 순간 정은은 목이매인 상태로 공중으로 올라가게 될 것이다.

"흐윽"

이미 정은의 목에 어느 정도의 장력이 발생되기 시작한 것 같았다.

"자... 이제... 그 여자 어디 있는지 말해 보시지... 레이나 인지 나재령인지"

"이 개자식아! 저 사람 경찰이야, 당신 지금 경찰을 죽이는 거라고!"

경찰이라는 말에도 이 회장은 시큰둥했다.

"상관없어.. 어차피 너도 죽이고, 결국은 네가 저 경찰을 죽이고 네 스스로 목숨을 끊은 걸로 될 테니까"

"도대체 왜 이렇게 까지 하는 거야!"

더 이상 어떻게 해야 할지 몰랐던 그는 한계를 느꼈다.

"말 했지 않나... 보험처리는 귀찮은 일이라고... 이렇게 그냥... 너희들만 죽으면 돼.. 간단하지.."

"그냥? 그냥 이라고 말하기엔... 당신 아들이 죽었어. 어떻게 이걸 그냥이라고 말할 수 있지?"

아들이 언급 되자, 이 회장의 여유롭던 표정이 사라졌다.

"그깟 회사가 뭐라고 자기 아들도 버린 비정한 인간, 그깟 회사가 뭐라고 사람들을 죽인 살인마"

그는 계속해서 이 회장을 도발 했다.

"네 놈들의 뱃속을 채우고, 네 놈들의 이기심만 채우기 위해 평범했던 사람들의 삶을 짓뭉개버린 더러운 쓰레기만도 못한 당신은 그런 인간이야 아니! 짐승만도 못한 그저 괴물일 뿐이야."

그의 도발에 이 회장이 역정을 냈다.

"누구라도 안 그랬을 것 같아? 이 자리에 오르기 까지 그 동안 우리는 수많은 피를 흘리며 지금 이 자리를 지켜 온 거야. 죽은 놈들은 어차피 언젠간 죽을 놈들이었을 뿐, 단지 그걸 나와 내 아들이 대신 했을 뿐이야. 다른 기업들 다 뒤져봐 손에 피 안 묻힌 놈 하나라도 있나."

"그렇다고 지금까지 당신 손에 묻힌 피가 용서 받을 순 없어"

그의 말에 이 회장이 어이없다는 듯 한 탄식을 뱉으며 그에게 말했다.

"지금까지 우리한테 돈을 받고 우리가 시키는 대로 사람들 머리에 총알을 박아 넣은 네 놈 입에서 그런 말이 나오는 게 우습지 않나? 네 놈 손은 깨끗한 줄 알아?"

"당신이나 나나 이제 죄 값을 치러야 할 거야"

이 회장이 혀를 차며 말했다.

"아니지.. 죄 값은 너만 치르면 돼. 내가 말했던 보험의 의미를 아직도 모르겠나? 나한테 받아 처먹은 윗대가리에 그 윗대가리들. 내가 그 비싼 보험료를 왜 냈다고 생각하는 거야?"

그 순간 정은의 몸이 허공으로 떠올랐다. 그 모습을 보는 이 회장의 입가에 미소가 번졌다.

이 광경을 즐기는 듯 한 표정이었다.

47화 (죽음)

"아...제대로 작동하는구만... 우린 그럼 저 여자가 죽어가는 모습을 한 번 지켜보실까?"

"너 이 자식..."

그는 이 회장에게 달려들었다. 그런 그의 모습을 보고 주위에 놈들이 칼과 각목을 꺼내 들고 이 회장 앞으로 막아섰다.

주저할 시간이 없었다. 그는 칼을 든 놈을 목표로 삼았다. 칼을 뺏기 위해서였다.

그와 가장 가까운 거리에 있는 칼을 든 놈에게 달려들었다.

무리한 움직임에 칼에 베인 팔의 상처가 벌어져 다시 피가 흘러나오기 시작 했고, 피로가 쌓인 몸은 그의 마음처럼 움직여 주지 않았다.

놈들은 그의 주위를 둘러싸고 그를 공격할 기회만 노리고 있었다.

그의 등에 각목이 내리쳐졌다. 내리쳐진 각목이 부러질 정도로 강한 충격이 그의 몸에 전달 됐다.

그의 몸이 조금 휘청거렸지만, 그는 그 충격을 견뎌냈다. 쓰러지면 일어 날 수 없을 것 같았기에, 그는 꼿꼿이 선 채 버텨냈다. 그가 쓰러지면 정은도 죽는다. 정신력으로 버텨낸 그가 다시 칼을 든 놈에게 달려들었다.

칼을 든 놈 역시 그에게 칼을 휘두르며 저항했다. 허공을 가르는 칼날을 그가 어렵게 피하며, 어떻게 해서든 그 칼을 빼앗으려 하였으나 뜻대로 되지 않았다.

시간이 없었다. 공중에 목이 매달린 정은의 의식이 점점 흐려지고 있었다. 허공에서 바둥거리는 정은의 움직임이 점차 줄어드는 것을 본 그도 시간이 얼마 남지 않았음을 알았다.

그는 어쩔 수 없는 마지막 선택을 했다.

그를 찌르려 다가오는 칼을 그는 피하지 않고 그대로 맞았다.

"윽"

그는 한 손으로 칼자루를 쥐고 있는 놈의 손목을 잡고 반대 손으로 놈의 팔을 있는 힘껏 내리쳤다. 그대로 놈의 팔뼈가 부러졌다. 팔에 오는 충격에 놈은 칼을 잡은 손을 놓았다. 그리고 그는 발로 놈의 배를 차서 자신에게서 떨어지게 했다. 그의 고통스러운 신음 소리가 새어 나왔다.

칼에 찔린 그의 모습을 이 회장은 비열해 보이는 미소를 지으며 바라보았고, 공간에 있던 모든 사람들 역시 잠시 움직임을 멈춘 채 그를 바라보았다.

정은도 희미해져 가는 의식 속에서 그가 칼을 맞는 장면을 보았고, 절망과 좌절감에 온 몸에 힘이 빠져 나가는 것이 느껴졌다.

그는 숨을 크게 들이 마시며, 칼 손잡이를 손으로 잡았다. 그리고 빠르게 칼을 몸에서 뽑아냈다.

칼이 몸에서 빠져나가는 고통에 그가 비명에 가까운 소리를 질렀다. 자칫 정신을 놓을 뻔 했던 그였지만 이내 칼을 바로 잡고 달리기 시작했다.

칼에 찔렸던 곳에서 피가 쏟아져 나왔지만 그는 개의치 않았다.

그의 앞을 가로 막는 놈들을 그는 달리기를 멈추지 않으며 칼로 베었고, 이를 악물고 정은의 목을 감고 있는 밧줄 끝의 자루를 향해 달렸다.

자루 앞을 막아서는 놈의 목을 베어내며 그대로 자루를 칼로 그었다.

자루가 터지면서 안에 있던 모래가 흘러나오기 시작했고, 정은이 땅으로 내려왔다.

"컥! 컥!"

막혔던 기도가 다시 뚫리며 정은이 기침을 토해냈다.

그의 온몸이 피로 젖었다. 그가 들고 있는 칼끝에서 피가 방울방울 떨어지고 있었다.

그가 뒤를 돌아 놈들을 노려보자, 주위에 있던 놈들에게 공포감이 몰려오며, 아무도 그에게 달려들 생각을 하지 못했다.

그가 힘겨운 걸음으로 쓰러져 있는 정은의 옆으로 걸어가 칼을 땅에 떨어뜨리며 무릎을 꿇었다. 더 이상 서 있을 힘조차 남지 않았다. 간신히 숨을 쉬고 있는 정은의 모습이 보였다.

그가 몇 번의 기침을 하자 목구멍에서 피가 올라왔다.

그대로 피를 토해내 입에서 피가 흘렀고, 칼에 찔린 부위에서도 피가 울컥울컥 쏟아졌다.

하지만 그의 앞에는 여전히 이 회장이 서있었다. 그렇게 노력을 했건만, 아직 이 회장이 건재한 모습으로 본인 앞에 서있었다. 망연자실한 얼굴로 그는 이 회장을 바라보았다.

"어차피 죽을 거... 왜 이렇게까지 어렵게 고생을 하는지..."

이 회장이 혀를 차며 그에게 다가와 그의 얼굴을 발로 걷어찼다.

바닥에 쓰러진 그는 일어나지 못했다.

이 회장이 각목을 손에 잡고 바닥에 끌면서 그에게 다가 왔다. 그는 이제 끝이라 생각했다.

언젠가 그도 이런 결말을 맞이할 수도 있을 거라 생각했었다. 하지만 실제로 이런 결말을 받아들이려 하니, 너무도 허무했다.

마지막으로 한 번만 더 그녀가 보고 싶었다. 그녀의 얼굴을 눈에 담고 마지막 눈을 감고 싶었다.

사람이 죽기 전 살면서 행복했던 순간들이 눈앞을 스쳐 지나간다고 했던가, 그녀와 보냈던 시간들이 그의 눈앞을 스쳐 지나갔다.

그녀와 함께 울고 웃었던 시간, 그녀와의 추억, 아름다웠던 그녀의 모습, 그리고 그녀와의 입맞춤.

그리 길지 않았지만, 그녀와 만났던 그 시간은 그의 삶에서 유일했던 행복이란 느낌을 심어 주었다.

그녀의 따뜻한 온기가 그리웠다.

그의 앞에 다가온 이 회장이 각목을 높이 치켜들었다.

죽음이 앞에 다가왔고, 그는 눈을 감았다.

이 회장이 각목을 치켜드는 순간 정은은 그가 떨어뜨린 칼을 집어 들어 이 회장의 발목을 그었다.

이 회장의 비명 소리가 울려 퍼졌고, 이 회장이 바닥에 쓰러져 뒹굴었다.

"저것들 죽여!"

이 회장의 외침에 놈들이 그와 정은에게 다가왔다.

　　- 탕!

창고에 총성이 울려 퍼졌다.

"다들 움직이지 마!"

정은의 얼굴에 화색이 돌았다.

"하아.... 반장님"

김영제 반장 뒤로 경찰 특공대원들이 달려 들어와 창고 안에 있는 놈들을 일순간에 모두 제압했다.

한 쪽 구석에 기대어 앉아 있던 이 회장이 기가 막힌다는 듯 혼잣말을 뱉었다.

"킬러 새끼가 경찰 살리겠다고 경찰을 불렀네..."

김 반장이 이 회장에게 다가왔다.

"회장님~ 아까 저 놈이랑 하신 말은 다 녹음 됐습니다. 그러니까 나중에 딴 말 하실 생각하지 마세요."

김영제 반장이 자신의 핸드폰을 꺼내 보였다.

그의 주머니 속 핸드폰은 계속 통화 중 상태였고, 그 상대는 바로 김 반장이었다.

그의 도발에 역정을 내며 말하던 이 회장의 말들은 고스란히 김 반장의 핸드폰에 녹음 되었다.

"당신을 납치, 감금, 살인교사, 살인미수, 경찰 살인미수 현행범으로 체포합니다."

김 반장이 이 회장의 손목에 수갑을 채웠다.

"묵비권 행사하실 수 있지만 어지간하면 그러지 마시고요. 무슨 말을 하든 법정에서 불리 할 것 같네요. 변호사는 뭐 알아서 잘 선임하실 테고, 체포구속적부심을 법원에 청구 할 수 있다는데 알아서 하세요.. 이거 말하는 게 제일 귀찮아"

무심한 듯 미란다 원칙을 읊은 김 반장이 옆에 형사를 불러 이 회장을 연행하게 했다.

한 쪽 다리를 절면서 이 회장이 끌려 나가며 혼자 중얼거렸다.

"보험 처리해야 겠구만..."

김 반장이 다가와 정은의 목에 있는 밧줄을 벗기고 손과 발에 묶인 밧줄도 풀어 주었다.

"고맙다.. 살아남아줘서"

조금만 늦었어도 다신 보지 못했을 거란 생각에 김 반장이 정은에게 감사를 표했다.

"저보다...."

정은은 옆에 쓰러져 있는 그를 바라보았다. 의료팀이 달려와 응급처치를 하고 있었지만 상태가 심각해 보였다.

"또 이 친구가 김 경장 살렸네..."

"무모한 사람...."

정은은 자신을 살리기 위해 일부로 칼을 맞던 그의 모습이 떠올라 마음이 아팠다.

현장으로 차 한대가 들어 왔다.

차에서 내린 재령은 현장으로 뛰어 들어가려 하였으나, 경찰들의 제지에 막혔다.

마침 밖으로 나오던 정은이 그녀를 보았다.

"들어오게 해줘"

정은은 그녀를 제지하던 경찰들에게 그녀를 접근을 막지 말라 하고 그녀에게로 걸어갔다.

"정은아..."

"여긴 어떻게 알고 왔어?"

잠에서 깬 재령은 한동안 멍하니 앉아있었다. 그리고는 결심한 듯 해커 동생에게 전화를 걸었다.

"어딘지 알려줘요"

"전 몰라요"

모른다는 동생에게 그녀는 계속해서 말해 달라 사정했다.

"알고 있는 거 다 아니까, 빨리 말해줘요. 나 그 사람한테 가야 돼"

"누나가 가면 형이 더 위험할 수 있어요. 나도 걱정이 돼서 죽겠다고요. 근데 난 거기서 도움이 안 되잖아."

"제발...."

계속 되는 그녀의 부탁에 동생은 마지못해 그를 데려다 준 곳을 알려 줬다.

"형 꼭 데리고 와줘요...."

동생의 마지막 목소리에 울음이 섞여있었다.

그렇게 그녀는 지금 현장으로 달려 왔고, 정은과 만났다.

"많이 다쳤어?"

얼굴에 온통 상처투성이에 목에는 붕대를 감고 있는 정은의 모습을 보며 그녀가 걱정스레 물었다.

"이 정도는.... 괜찮아"

그녀는 손에 수갑을 찬 채 의료팀으로부터 발목을 치료 받고 있던 이 회장과도 마주쳤다.

"죄 값 꼭 무겁게 치르시길 바라요"

그녀의 말에 이 회장은 대답을 하지 않고 시선을 피했다.

"그 사람은?"

그녀는 정은에게 그의 행방을 물었다.

한참을 대답을 못하던 정은이 힘겹게 입을 열었다.

"많이... 안 좋아.. 죽을지도 몰라.."

"그 사람 지금 어디 있어?"

그 때 창고 문이 열리며 사람들이 소란스럽게 달려 나왔다.

"비켜! 비켜! 구급차 어디 있어! 구급차 빨리 오라고 해!!"

구급차가 도착하고 구급대원들과 의료팀이 그의 상태를 확인하느라 분주했다.

"설마...."

들것에 실려 나오는 그의 모습을 본 그녀는 가슴이 철렁 내려앉는 기분이었다.

온통 피에 물든 옷과, 힘없이 축 쳐진 그의 손, 그리고 감긴 눈은 마치 죽은 사람 같았다.

"눈 떠... 눈 떠.... 눈 뜨라고 이 나쁜 놈아"

그녀가 달려가 소리를 질렀다. 그녀의 목소리가 들렸는지 그의 눈이 아주 살짝 떠졌다가 이내 다시 감겼다.

"죽기만 해! 내가 쫓아가서 죽여 버릴 거야!"

그녀의 절규하는 목소리에 정은이 다가와 그녀를 말없이 안아 주었다.

"나쁜 놈아 이게 뭐야... 나 버리고 혼자 가더니 이게 뭐냐고!"

정은의 얼굴에도 참고 참았던 눈물이 흘러내렸다.

49화 (작별)

그녀의 목소리가 들렸다.

울음 섞인 그녀의 목소리가 가슴을 아프게 울렸다.

힘겹게 눈을 떴다. 희미하게 그녀의 얼굴이 보였다. 마지막으로 한 번만 더 그녀를 보게 해 달라는 기도가 이루어 진 걸까.

울지 마 재령아, 네가 울면 내 마음이 너무 아파. 난 지금 널 다시 봐서 너무 좋아.

꼭 행복해야 해

그를 태운 구급차가 사이렌을 울리며 급히 현장을 떠났다.

같이 구급차에 오르려는 그녀를 정은이 말렸다. 그녀 대신 김영제 반장이 구급차에 그와 함께 올랐다.

어느 정도 지났을 때 그가 힘겹게 다시 눈을 떴다.

"아... 정신이 들어?"

김 반장은 의식을 차린 그가 내심 반가웠다.

"반장님...."

"말 하지 않는 게 좋은데... 피를 너무 많이 흘렸어 무리하지 마"

김 반장의 말에도 그는 힘겹게 말을 이었다.

"부탁... 하나..... 더 할게요"

"또! 부탁... 뭔데"

"재령이 한테...."

그는 김 반장에게 마지막 부탁을 하고 다시 의식을 잃어 갔다

"안돼 정신 놓지 마... 인마!! 죽는다고 정신 차려!!"

그를 태운 구급차는 속도를 더 높여 병원으로 향했다.

재령과 정은은 김 반장이 알려 준 병원으로 달려왔다.

수술실 앞에서 한참을 기다린 그들은 얼마 뒤 수술실 문이 열리고 수술을 집도한 의사가 나오는 것으로 보고 의사에게 달려갔다.

하지만 의사의 표정은 침울 했다.

"죄송합니다. 저희가 최선을 다 했는데.... 뭐라 드릴 말씀이 없습니다."

의사의 말에 재령과 정은은 그 자리에 주저앉았다.

"하... 죽은건가요?"

김 반장의 물음에 의사는 대답 없이 고개를 끄덕였다.

"알겠습니다. 시신은 저희 경찰 측에서 인계 받도록 하겠습니다."

김 반장이 의사에게 말하고 재령과 정은을 향해 돌아 섰다.

"괜찮은 친구였는데... "

그 말을 듣고 재령과 정은은 눈물만 뚝뚝 흘렸다.

"가자... 그만, 서울로..."

서울로 돌아오는 차 안에서 그 셋은 아무 말도 하지 않았다.

다음 날 뉴스에는 이 회장의 체포 소식으로 떠들썩했다.

WAK 그룹에 가해지는 충격이 상당했고 주가는 곤두박질쳤다.

재령은 정말 오랜만에 자신의 집에서 아침을 맞이했다. 하지만 밤새 한 숨도 자지 못했다.

밤새 울었는지 눈은 퉁퉁 부어 있었고, 그저 무기력하게 침대에 쪼그려 앉아 있었다.

그토록 바라던 일상으로 돌아 왔는데, 전혀 기쁘지가 않았다.

그녀는 그렇게 하루 종일 아무것도 하지 않고 그저 멍하니 창문만 바라보고 있었다.

정은의 사정도 마찬가지였다. 정은도 김 반장에게 이야기하여 오늘 하루 휴가를 받았다.

하지만 역시 아무것도 하지 않은 채 이불 속에 계속 누워 있었다.

무언가 큰 태풍이 그녀들을 휩쓸고 지나간 기분이었다.

저녁이 되었을 때 재령은 정은에게 전화를 걸었다.

"한 잔 안 할래? 맨 정신으로는 견딜 수가 없어"

"나도 그래 언니.... 내가 그 쪽으로 갈게"

그 둘은 재령의 집 근처에 있는 막걸리 집으로 갔다.

주인 이모가 그들을 반갑게 맞아 주었다.

"아이고 이게 누구야~ 그 동안 어디 갔었어~"

"안녕하셨어요. 이모?"

그녀가 주인 이모를 보며 힘들게 미소를 지었다.

"아니 그새 뭔 일이 있었길래 얼굴들이 반쪽이 됐어 그래"

주인 이모는 정은의 얼굴도 기억하고 있었다.

"좀 일들이 많았어요."

"아이고.. 그나저나 그 때 그 조카 놈도 요즘 통 안보여... 이사를 가면 간다고 말이나 하고 갈 것이지... 살았는지 죽었는지... 젊은 녀석이 살같이 굴어서 내가 얼마나 지를 아껴줬는디... "

주인 이모가 그에 대한 이야기를 하자 둘은 눈물이 나오려는 것을 억지로 참았다.

그 둘은 전에 앉았던 구석진 자리에 가서 앉았다.

주인 이모가 안주와 막걸리를 가지고 왔다.

"이모.. 잔 하나만 더 주세요."

"왜 한 명 더 오기로 했남?"

"그건 아니구요... 그냥...하나만 더 주세요."

그녀의 말에 주인 이모는 아무 말 없이 잔을 하나 더 가져다주었고, 그녀는 정은의 잔과 그리고 옆에 놓은 잔에 막걸리를 따랐다. 정은도 그녀의 잔에 막걸리를 따라 주었고, 서로 잔을 부딪쳤다.

"그 사람을 위해서"

목소리 끝이 살짝 떨리는 정은의 말에 그녀도 한마디 보탰다.

"고마웠어... 정말로... 그곳에서는 행복하길.... 잘가..."

그렇게 그 둘은 울적한 기분을 서로 달래며 잔을 비웠다.

50화 (내사)

"김 경장 어디 갔어?"

김영제 반장이 정은을 찾았다. 정은을 찾는 김 반장의 목소리는 날카로웠다.

"아.. 그게... 지금 조사실에..."

옆에 있던 형사가 내사과에서 나온 사람들이 정은을 지금 조사실에서 조사 중이라고 알려 줬다.

"이런 개 같은 새끼들이"

분노한 김 반장이 조사실 문을 발로 차고 들어갔다.

"니들 이게 지금 뭐 하는 짓이야 이 새끼들아"

역정을 내는 김 반장에게 내사 담당관이 말했다.

"우리는 그저 할 일 하는 거예요. 아시잖아요."

"뭐? 할 일? 죽다 살아 온 사람 조사하는 게 할 일이야 이 새끼야!"

주먹을 움켜 쥔 김 반장이 내사 담당관에게 달려들려는 그 때 조사실 문이 다시 열리고 서장이 들어 왔다.

"이게 뭐 하는 짓이야?"

"죄송합니다."

김 반장이 서장에게 바로 사과를 했다. 하지만 서장의 시선은 내사 담당관에게 꽂혔다.

"아니, 이게 뭐 하는 짓인데 내 새끼를 나한테 한마디 보고도 없이 조사를 하냐고?"

내사 담당관들은 아무 대답을 하지 못했다. 그런 그들을 보며 서장이 계속 말을 이었다.

"누가 보낸 새끼들인데 내 새끼 내사 진행하면서 서장인 나한테 정식적인 보고 절차도 무시를 해!"

높아진 목소리를 진정 시키며 서장이 계속 말했다.

"너희들 같이 책상머리에 앉아서 펜대나 굴리는 녀석들이 알기는 뭘 알아. 지금도 현장에 나가서 총 맞고, 칼 맞고, 대가리 터져 가면서 나쁜 짓 하는 놈들 잡아 보겠다고 바락바락 기는 내 새끼들. 나쁜 짓 한 놈들 그 죄 값 치르게 하겠다고, 억울한 일 당한 사람들 그 억울함 풀어 주겠다고 직접 현장 발로 뛰는 내 새끼들을 네 놈들이 이해를 하긴 하냐고. 여기 김정은 경장 얼굴 한 번 좀 봐봐. 자기 또래 친구들은 지금 예쁜 옷입고, 예쁘게 화장하고, 밖에 나가서 남자친구랑 데이트하고, 예쁘게 사진 찍고 하는 이 시간에, 김정은 경장은 혼자서 나쁜 놈들 잡겠다고 명품 백을 들어야 할 그 손에 총을 들고, 예쁜 구두를 신어야 할 그 발에 아무 볼 품 없고 그저 달리기 편한 신발 신고 놈들 아가리 속으로 혼자 걸어 들어갔어. 한창 예쁠 나이이고, 예쁜 얼굴인데 놈들한테 얻어맞아서 멍들고, 피나고, 터지고, 얼마 전엔 칼도 맞아서 평생 그 흉터를 몸에 가지고 살아야 해. 니들이 생각이라는 걸 하는 놈들이면, 처음 경찰 뱃지 달면서 한 경찰 선서 다시 한 번 생각해봐. 니들이 이 시간에 진짜 뭘 해야 하는지 생각이라는 걸 하라고 이 새끼들아"

조사실에서 나온 정은이 힘없는 걸음으로 자리로 돌아가고 있었다.

"김 경장!"

김 반장이 정은을 불렀다.

"네 반장님"

"담배나 한대 피러 갈까?"

김 반장은 정은을 데리고 나갔다. 자판기에서 음료수를 하나 뽑아 정은에게 건네주고 본인은 주머니에서 담배를 꺼내 물었다.

"언제까지 그렇게 힘없이 있을 거야?"

담배에 불을 붙이려다 말고 김 반장이 물었다.

"죄송합니다. 빨리 정신 차리고 기운 내겠습니다."

김 반장은 정은에게 더 이상 아무 말도 하지 않고, 담배에 불을 붙였다.

비록 지금은 이렇게 힘든 시기를 보내고 있을 지라도, 시간이 지나면 언젠가 그의 존재가 잊히리라 그렇게 믿었다.

재령은 오랜만에 나선 출근길이 새삼 달라 보였다.

그렇게 지긋지긋했던 일상이었던 이 길이 지금은 특별해 보였다.

일상이 주는 기쁨을 조금은 알 것 같았다.

회사에 사원증을 찍고 문이 열렸다. 그녀의 얼굴에 미소가 지어졌다.

　　- 팡! 팡!

그녀가 회사로 들어오자 회사 동료들이 폭죽을 터뜨리며 그녀를 반겼다.

"축하 합니다~ 축하 합니다~ 나 과장님 복귀를 축하 합니다~"

"과장님 부세요~"

사원 한 명이 촛불이 켜진 케이크를 들고 그녀 앞으로 다가 왔다.

그녀가 촛불을 불어 끄자 직원들이 박수를 치며 환호를 보냈다.

"고맙습니다. 그리고 자리 비워서 죄송했어요. 그 동안 못 한 일까지 열심히 하겠습니다."

잠시 뒤 직원들이 테이블을 가운데 두고 둘러서서 케이크를 나눠 먹으며 그녀와 이야기를 나눴다.

"근데.. 그 때 그 남자는 어떻게 됐어? 그 때 나 과장 잠시 출근 못한다고 말할 때 완전 대박이었는데.."

"맞아요. 그 때 좀... 심쿵 했었죠."

그녀의 팀장이 그녀에게 그의 소식을 물었고, 다른 직원도 팀장의 말에 맞장구를 쳤다.

하지만 그녀의 얼굴이 어두워지면서 분위기가 갑자기 가라앉았다.

"설마...."

"자자... 이제 일 시작합니다~"

직원들이 급하게 먹은 케이크를 정리하며 자리로 돌아갔다.

그녀도 자리로 돌아가 앉았으나 일이 손에 잡히지 않았다.

51화 (안녕)

시간이 약이라는 말이 맞기라도 하듯 재령과 정은은 시간이 지난 수록 조금씩 회복해 갔다.

그 뒤로도 그 둘은 종종 자주 만나며 서로 의지하며 서로를 치유해 주었고, 그녀의 남자친구 또한 그녀를 위해주고 아껴주었다.

하루는 그녀의 집으로 택배가 배달되었다.

택배를 열어 본 그녀는 웃음이 터져 나왔다. 상자 안에는 부산에서 받은 트로피가 들어 있었고, 쪽지가 하나 있었다.

- 영광은 챙기셔야죠. 레이나 누나

해커 동생이 보내 온 택배였다.

트로피에는 JR 홀딩스 사장 레이나 의 각인이 선명하게 남아 있었다.

그녀는 그 때를 추억하며, 살며시 미소를 지었다.

이 회장에 대한 재판이 열렸다.

검사 측에서는 무거운 형량을 요청 했지만 판사는 결국 이 회장에게 징역 2년을 선고 했다.

판사의 선고 내용에는 살인교사는 이 회장의 지시가 아닌 이 회장 아들의 단독 범행으로 인정 됐으며, 납치, 폭행, 그리고 경찰 살인 미수는 당시 이 회장이 부리고 있던 놈들 중 하나가 뒤집어썼다. 이 회장에게는 단지 납치 가담, 폭행 가담 및 방조의 죄목만 적용 되었다.

USB 상에 나타났던 혐의들은 모두 증거 불충분으로 기각 되었다.

이 회장의 죄목에 맞지 않는 형량과 꼬리 자르기에 여론이 시끄러웠지만 이 회장은 이마저도 인정하지 않고 항소를 했다. 항소심이 열릴 때 마다 이 회장의 형량은 줄어들었고, 결국 징역 1년형을 선고 받는 것으로 재판이 마무리 되었다.

이 회장의 보험이 효력을 발휘 했던 것이었다.

- 1년 뒤

이 회장이 형을 마치고 교도소에서 출소를 하고 있었다.

미리 마중 나온 비서가 이 회장을 마중했다.

"두부는 사왔나?"

이 회장의 비서는 비닐봉지에서 미리 사온 두부를 꺼내 이 회장에게 건넸다.

두부를 건네받은 이 회장은 두부를 크게 한입 베어 물었다.

"이제... 못 다한 내 아들의 복수를 할 시간이 되었구만."

이 회장이 복수를 다짐하며 다시 한 번 두부를 베어 물기 위해 입으로 두부를 가져오는 순간 어디선가 총알이 날아와 이 회장이 들고 있던 두부를 관통하고 이 회장의 입 안으로 들어갔다.

입 안으로 들어간 총알은 그대로 이 회장의 머리를 뚫고 나왔다.

그렇게 이 회장의 목숨이 끊어졌다.

옆에 있던 이 회장의 비서는 깜짝 놀라 뒤로 넘어졌고, 교도소 앞에 있던 경찰들은 비상벨을 울리며 뛰어 나왔으나, 아무 것도 할 수 있는 게 없었다.

교도소 앞에 취재를 위해 나와 있던 기자들은 이 회장의 피격 소식을 특보로 내기 위해 다들 각자 분주 했고, 모든 대중매체들이 이 회장의 사망 소식을 속보로 전하기 시작했다.

하지만 그 혼란 속에서 이 회장의 사망 소식에 눈물을 흘려주는 이는 단 한 사람도 없었다.

에필로그 1

"자 찍습니다~"

한 회사의 현판식이 진행 되고 있었다.

재령이 앞으로 걸어 나와 회사 현판을 덮고 있는 흰 천을 걷어냈다.

그녀가 흰 천을 걷어내자 크리스탈로 제작한 회사 현판의 모습이 보였고, 현판식에 참석한 사람들이 큰 박수로 축하해 주었다.

회사 이름은 JR 홀딩스

그녀는 다니던 회사를 나와 회사를 차렸다.

"누나 앞으로 우리 진짜 잘해서 부자 되자 구요"

"누나라니~ 이제 사장님이라고 불러야지"

해커 동생이 그녀에게 다가와 까불거렸다.

그녀는 동생의 창업 제안을 받아 들였다. 동생의 컴퓨터 사용 능력은 이미 타의 추종을 불허 할 정도로 인증 된 실력이었고, 그와 별개로 회계 관리 부분에서도 굉장한 재능이 있었다.

그리고 그녀 특유의 친화력과 부산에서 받아 온 거물급들의 명함이 빛을 발했다.

그 거물급들 중 한 명이라도 그녀의 손을 잡아 주기만 한다면 그것만으로도 엄청난 힘이었다.

하지만 그들은 그녀의 연락을 기쁘게 받아 주며 그녀의 손을 잡아 주었다.

그렇게 하여, 그들에게 투자 받은 자금력을 등에 업은 그녀가 회사를 열어 사업을 시작 했다.

그녀는 가장 먼저 이 회장의 체포로 곤두박질 친 WAK 의 주식을 매입 했다.

1년이라는 시간이 지났지만 WAK 그룹의 기업 이미지는 나아질 기미가 보이지 않았고, 거기에 출소를 하던 회장이 저격을 당해 사망하자 다시 한 번 주가가 폭락하기 시작했다.

WAK 그룹의 법정 관리 소문도 조금씩 피어오르고 있었다.

그 때를 놓치지 않고 그녀는 한 번 더 WAK 주식을 대량으로 매입하기 시작했고, WAK 그룹의 대주주로 올라섰다.

얼마 뒤 WAK 그룹의 주주 총회가 열렸다.

안건은 JR 홀딩스 나재령 사장의 WAK 그룹 회장 선임 안 이었다.

결과는 만장일치로 그녀가 WAK 그룹 차기 회장으로 선임 되었다.

회의장 안은 박수 소리로 가득 찼다.

그리고 며칠 뒤 WAK 그룹 대회의장에서 그녀가 정식으로 회장으로의 임명식이 진행되었다.

"우리는 다른 기업의 모범이 되어야 합니다. 그러기 위해서 먼저 우리는, 사람의 소중함을 알아야 합니다. 지금 내 옆에 있는 동료, 친구 그리고 가족 그 존재들의 소중함을 알고 그들의 마음을 헤아릴 줄 알아야 합니다. 그 어느 누구도 귀하지 않은 사람은 없습니다. 우리 한 사람, 한 사람 모두가 소중합니다. 저에겐 한 친구가 있었습니다. 그 친구는 자신 보다 다른 사람을 더 소중히 여기던 사람이었습니다. 그래서 자기 목숨을 잃게 될 줄을 알면서도 친구를 구하기 위해 위험 속으로 뛰어들었습니다. 지금 제가 이 자리에 설 수 있었던 것도 그 친구 덕분입니다. 오늘 더욱 그 친구가 그리워집니다. 저도 그 친구처럼 여기 계신 모든 분들을 목숨 걸고 지키겠습니다."

그녀의 인사말은 청중을 휘어잡았다.

그녀는 사명을 JR 그룹으로 바꾸고, 기업의 이미지 개선에 힘을 쏟았다.

주가도 점점 안정을 되찾기 시작했고, 여론 및 평판도 우호적으로 변해갔다.

그렇게 그녀는 한 기업의 대표로서 반짝반짝 빛나고 있었다.

한 한적한 호수가로 차가 한대 들어 왔다.

차에서 내린 사람은 김영제 반장이었다. 그리고 그가 김 반장을 맞이했다.

"먼 길 오시느라 고생 많으셨어요. 형님!"

그 사이 둘은 사이가 꽤 친해진 것 같아 보였다.

"아씨.. 뭐 이렇게 먼데서 살아... 올 때 마다 힘들어"

김 반장의 볼멘소리에 그가 그저 웃어 넘겼다.

"자 이거 봐봐"

김 반장은 그에게 봉투 하나를 건넸다.

"결혼 한다더라 재령씨.."

봉투는 청첩장이었다. 봉투를 받아 든 그의 표정이 미묘하게 변했다.

"멀리서 살짝 보고와 다행히 야외 결혼식장이더라.."

"안 갈 거예요."

그의 대답에 김 반장이 혀를 찼다.

"나중에 후회하기 말고 한 번 보고와!! 내심 보고 싶으면서 빼기는...."

"그냥 행복하게 잘 사는 거 알았으니 됐어요. 소식 들려 주셔서 고마워요. 재령이만 행복하면 그만이에요."

"눈물 나서 못 봐주겠네!! 너 같은 사람은 내가 살다 살다 처음 본다."

김 반장은 한숨을 쉬며 그를 구박했다.

"여기서 심심해서 어떻게 사냐?"

주위에 아무것도 없고 그가 사는 집 하나만 덩그러니 놓여 있는 호숫가는 아무 할 일 없이 심심하게만 느껴졌다.

"나름 그래도 살만 해요. 외로운 게 문제지만.."

"무슨 기분인지 알 것 같다"

김 반장은 한편으로는 그가 안쓰러웠다

"평생 혼자였는데 내가 외롭다는 말을 다 하네요"

"어떨 때는 차라리 혼자가 편해 인마"

김 반장과 그는 크게 웃어 버렸다.

"배고프다 뭐 맛있는 거 없냐?"

"형님 오신다고 제가 또 콩국수를..."

콩국수라는 말에 김 반장의 얼굴이 실망감이 번졌다.

"나 콩국수 싫어해..."

"에이 진짜 내가 이거 만들라고 콩을 얼마나 갈았는데!! 맛이나 봐요!!"

잠시 뒤 콩국수를 한 그릇 다 비운 김 반장이 불만 가득한 목소리로 말했다.

"에이 맛없어 억지로 먹었네."

"맛없는 것치곤 국물까지 다 드셨네..."

그가 잠시 생각에 잠겼다가 김 반장에게 말했다.

"나중에 정은씨한테 콩국수 한 그릇 사줘요... 한번 먹자, 먹자 했는데... 끝내 약속 못 지켰어요."

"나 콩국수 싫어 한다니까..."

김 반장의 대답에 그가 크게 웃었다.

"형님 술 한 잔 하실래요?"

"나 내일 출근해야 하는데....여기 대리 오냐?"

"자고 가요 그냥, 나 외로워"

시간이 지나고, 그녀의 결혼식 날이 되었다.

그녀의 결혼식은 저녁 시간이었다. 조명이 예쁘게 빛나는 야외 결혼식장은 그림 같았다.

조준경 안으로 그녀의 모습이 보였다.

오지 않겠다던 그는 결국 참지 못하고 그녀를 보러 먼발치에서 그녀가 보일만한 곳까지 오고 말았다.

하얀 드레스를 입은 그녀의 모습은 정말 천사 같았다.

조명 빛을 받아 반짝반짝 빛나는 그녀의 드레스와 그녀의 얼굴은 그 어떤 별보다도 밝게 빛났고 아름다웠다.

행복해 보이는 그녀의 얼굴을 보니 그의 가슴 한편이 저려오면서도 다행이었다.

그녀의 결혼을 축하해 주기 위해 온 정은의 모습도 보였다.

둘은 여전히 친 자매처럼 다정해 보였다.

밝게 웃는 그녀의 모습을 마지막으로 보고 그는 조준경의 뚜껑을 닫았다.

오늘 따라 하늘에 반짝이는 별도 더욱 아름답게 보였다.

멀리서 그녀의 결혼을 축하하는 축가 소리가 들려왔다.

[별빛이 내린 밤 그 풍경 속 너와 나

날 새롭게 하는 따뜻하게 만드는 네 눈빛 네 미소 영원히 담아둘게

너로 가득한 맘 널 닮아가는 나

날 위한 선물 꿈보다 더 아름다운 서로의 품에서 끝없는 밤을 걷자

나의 모든 날들을 다 주고 싶어 내 이 맘을 모두 전하고 싶어

잠들지 못한 푸른 바람들 이렇게 밝게 이 밤을 비춰

너와 작은 일상을 함께 하는 게 내 가장 큰 기쁨인 걸 넌 알까

내 세상 속에 넌 빛이 되어 지금 모습 그대로 내 곁에만

행복이 짙은 날 어둠이 없는 밤 같은 맘속에 같은 꿈이 피어난 건

우리의 정해진 운명이 맞닿은 거야

나의 모든 날들을 다 주고 싶어 내 이 맘을 모두 전하고 싶어

잠들지 못한 푸른 바람들 이렇게 밝게 이 밤을 비춰

너와 작은 일상을 함께 하는 게 내 가장 큰 기쁨인 걸 넌 알까
내 세상 속에 넌 빛이 되어 지금 모습 그대로 내 곁에만

내게 온 너란 빛이 눈 부셔도 네 앞에서 한 순간도 눈 감지 않아
다가올 시간도 계절의 바람도 널 데려가지 못하게

내가 더 좋은 사람이 되고 싶어 더 아름답게 널 안을 수 있게
잠들지 못한 잠들 수 없는 바람들이 널 부르고 있어

언제까지나 너와 함께 할 거야 내 마지막 숨결도 너 일거야
내 세상 속에 넌 빛이 되어 지금 모습 그대로 내 곁에만]

언제까지나 행복해야 해, 나의 소중한 사람, 언제까지나 예쁜 나의 그대... 나재령

- THE END

백자의 사람

일본에서 통산 200만부 판매!
이 소설로 인해 일본은
한국을 사랑하게 되었다.
한국의 흙이 된 일본인
전격 영화化 결정!
CJ Entertainment 배급!!
욘사마 배용준을 잇는
한류스타 배수빈 출연!!!
한국영화진흥위원회 선정
제1회 외국 영상물 로케이션
지원사업 대상大賞작 선정

천사의 눈물

저자는 뉴욕 주립대학교에서 경영
학을 전공했다. 대기업에서 M&A
등을 담당하며 기업인으로서 역할
하는 한편 시나리오, 방송 대본, 소
설, 희곡 등의 창작인으로도 왕성
하게 활동하고 있다.

본 소설은 영화 [클래식]과 [그레이
의 50가지 그림자]가 절묘하게 융
합된 듯하다는 평단의 극찬이 있었
다. 대하소설급의 방대한 분량에
펼쳐진 장엄한 사랑의 대서사시가
감동적으로 그려져 있다.